爱在路上

范和平 著

爱在路上，好好收拾自己的心情，
把头抬起，把眼泪擦去，
勇敢地阔步向前走，爱就会和你亲密。
失恋了不要垂下你高贵的头颅，
分手了不要呼天号地，大男剩女不要唉声叹气。
爱，其实并没有抛弃你，
抛弃你的只是一具没有情感的肉体，
只要你走到哪里它就会跟随到哪里。

湖南人民出版社

图书在版编目（CIP）数据

爱在路上 / 范和平著. —长沙：湖南人民出版社，2014. 8（2025.4重印）
ISBN 978-7-5561-0335-5

Ⅰ. ①爱… Ⅱ. ①范… Ⅲ. ①纪实文学—作品集—中国—当代②散文集—中国—当代 Ⅳ. ①I217.2

中国版本图书馆CIP数据核字（2014）第182924号

爱在路上

著　　者　范和平
责任编辑　马明明
装帧设计　杨丁丁

出版发行　湖南人民出版社［http://www.hnppp.com］
地　　址　长沙市营盘东路3号
邮　　编　410005

印　　刷　永清县晔盛亚胶印有限公司
版　　次　2014年9月第1版
　　　　　2025年4月第4次印刷
开　　本　710×1000 1/16
印　　张　19.25
字　　数　200千字
书　　号　ISBN 978-7-5561-0335-5
定　　价　52.00元

营销电话：0731-82683348　　（如发现印装质量问题请与出版社调换）

序 一

中华文化历史悠久，源远流长，丰富灿烂，在浩如烟海的文学作品中诗歌出现最早，历史最长。有文字记载的《诗经》已经有两千多年历史了，如果算上甲骨文的记载那就更加久远。诗歌来自民间，诗歌来自劳动，诗歌来自生活，诗歌来自爱情。我们从诗经、唐诗、宋词、元曲和当下诗歌中可以品味到，凡是流传至今的作品，都是朗朗上口的作品，凡是朗朗上口的作品，都是来自劳动，来自生活，来自爱情的作品。

范和平的诗歌集分为五大类：一是爱情；二是风景；三是情感；四是励志；五是人物，共 168 首诗歌。他的诗歌有的像高山峻岭，雄健峭拔；有的像江河大海，激情澎湃；有的像涓涓溪流，千回百转，柔情绵绵。读起来，朗朗上口，回味无穷。

范和平曾经是我的学生，那时在我印象中很朦胧。2001 年春，我在省政协文史委当主任，省政协常委禹舜和他一起来找我合作出版一本书，从那时起，我才真正认识他。范和平在我印象中是一个头脑灵活，思想丰富的人，也是一个勤奋好学，不甘落后的人。在我和他交往过程中，我发现他有一个独特的优点，他不仅仅勤于思考，还乐于行动。他当过老师、记者、总经理、公务员，到过农村、工厂、学校、机关，多种身份的变化，多种环境的生存，饱尝生活上的酸甜苦辣，历经人世间的磨砺，孕育出他的诗歌集。与此同时，他组织编撰了《株洲年鉴》、《鲜红的党旗》、《潇湘巨变》、《时代华章》、《湖南人在深圳》、《文化经济参考》等大型书刊；创作了两部电视连续剧《似曾相见》、《枫叶红了》和一部电影作品《爱在路上》。他是我学生中的佼佼者，虽然他出了那么多的成果，但是，心境却很平和，为人很低调，从不显山露水，从不轻易同别人谈自己在文学中的成果，也不轻易把自己的作品在人前人后张扬，从不以诗人、编剧、作家自居，他一直在默默地耕耘。

我读了他的诗歌集，说是诗歌集，其实也是他人生的一个缩影。诗歌集《爱在路上》搜集了他从 10 岁开始到现在的作品。从时间跨度看有四十多年，从中可以看到历史发展的轨迹；从五大类设计看，诗歌涉及的范围十分广泛；从诗歌的内容看，作品大都是来自生活，来自工作，来自身边的人、身边的事。我开玩笑地问他《劲松》（青青小劲松，傲立险山峰。阳光抚育它，欺霜又顶风。没有阳光照，哪有参天松。不经风和雨，怎能见彩虹。）最后两句“不经风和雨，怎能见彩虹”好像在一首歌中听过，你不会是抄袭吧？和平淡淡一笑，回答我说：老师你看看，这首诗歌的创作年代是 1974 年 12 月 5 日，创作地点是我在株洲县龙凤公社天石大队的知青点。

诗歌是青春的产品，是时代的产品，是激情的产品，是愤怒的产品，是痛苦和快乐的产品。读一读范和平的诗歌集，就知道他和他的人生，就知道他的内涵，就会喜欢他和他的作品。

湖南省政协常委

湖南省政协文史委主任

湖湘文化研究会执行主席　田伏隆

序 二

和平前些日子送来一叠他在全国各大报刊上发表过的散文，说将这些文章汇成一部集子，要我为他写个序。我开始只是口头上应承，然而当我翻阅细读时，从这一篇篇短小精悍的散文中，居然发现隐藏着一颗非常丰富的心灵。他的爱、他的恨、他的欢乐、他的苦闷都洋溢在字里行间，有那么一点灵气、有那么一点哲理、有那么一点人情味，更有那蓬勃向上的精神。

厚厚的一叠文稿，我数了数共有136篇，每一篇文章结构严谨，文字凝练、语句流畅、文风清新。读来如春风扑面，品来像茗茶味深。游记散文《凤凰城寻梦》、《从天上飞来》、《西山石道拾偶》、《一座被人误会的矿山》，不仅舒展了一道一道美丽的风景，还仿佛讲述一个一个或美妙动人或凄美感人的故事；抒情散文《白雪，我怕……》、《太阳下的白天鹅》、《秋神》、《封闭式的阳台》读起来如同一首首绚烂诗篇，文字优美，激情四射；而“母亲”、“五舅”、“文哥”等一个个身边的人物，虽然只有寥寥几笔，却个个栩栩如生，跃然纸上。和平的散文是一帧帧秀山丽水画，是一幅幅人生百态图，也是一部个人奋斗史诗。

和平在文学创作上的收获与他的勤奋刻苦和人生履历是分不开的。他毕业于湖南师范大学中文系，后又到北大信息管理系进修。他下乡当过知青，在学校当过教师，在新闻单位当过记者，在企业当过总经理，在政府机关当过干部。厚实的生活经历和扎实的文字功底为他的业余创作插上了飞翔的翅膀。他在文学上的建树应是水到渠成、顺理成章的，他的作家称号也是名至实归的。

和平的文章基调是向上的。不管是游记，还是人物素描；不管是叙事散文，还是抒情散文，始终是那样明快，那样活泼，那么富有真情。读了之后使人感到他的散文似乎和自己的情感那么相近。

湖南省政协常委

湖南省社科院院长　禹舜

目录

诗歌篇

散文篇

Shigepian

诗/歌/篇

爱在路上

路迢迢人匆忙
爱的路上雾茫茫
千人擦身过
无一动心房
我的爱呀
什么时候来到我身旁

草绿绿花芬芳
寻爱的路多漫长
半夜醒倚窗
独自品凄凉
我的爱呀
左顾右盼你在何方

雨潇潇秋水长
求爱的路好迷茫
百年修渡船
只求人爱上
我的爱呀
何时划向我心房

天悠悠地宽广
恋爱的味难品尝
万目曾相视
唯一你对上
我的爱呀
来得就是这样荒唐

写给自己的情书

没有玫瑰花的芬芳
没有巧克力的芳香
只是荒唐的幻想
在一个花好月圆的时候
遇到一个美丽的姑娘
她妩媚地朝我一笑
顿时打开了我心房
我如痴如醉
我如癫如狂
忽然，她飘然而去
我陷入极度恐慌
从此，我开始写情书
一天一封
每一封情书内容都不一样
每次写完后我都很迷茫
不知寄给谁
不知寄往何方
一封封情书堆满了整个书房
白净净的信封有的已经发黄
可我的情怀
仍像滔滔不绝长江水
我已无法停下念想
我已无法丢下笔墨
我已无法离开纸张
就是一百年一万年
我也不会抛弃我对她的幻想

一个人的风景

细雨丝丝
天空朦胧
翠柳依依
小桥如虹
一幅水墨画
收入泪眼中
这是我一个人的风景
没有跟班
没有随从
只有绵绵细雨
只有冷冷微风
这是我的私人定制
房屋几间
拱桥两座
碧水一泓

吻花

我可以吻你吗
花矜持地摇了摇头
我悲催地离去
蓦然回眸
花还在摇头
哦，那不是花的本意
是风在漫游
我顿时自责
为了自己的虚荣
错失了美丽邂逅

让我飞进你的闺房

掠过平静的春水
划出一丝丝波纹
站在桃花枝头
聆听屋内的歌声
衔一片花瓣
躲过窥视者的眼神
钻进闺房的窗口
送给我日思夜想的佳人

手心

摊开我那赤诚的双手
期待与一双柔软的手相叠
风已经从我的手心手背滑过
空中飘下一片碧绿的树叶
不偏不斜正好落在我的手心
把我的期盼彻底毁灭
树叶在我的手心翻滚
手变成了一个巨大的花碟
树叶慢慢地变成了一个舞女
演绎着千古传诵的爱情《化蝶》

爱还在吗

不是刻意地去追求，
也不是有目的地去想象。
那份情愫像一张网，
躲不了，
推不开，
思更伤。
我的爱还在吗？
你是否随飘零的云彩，
去了雨的故乡？
你是否随涓涓小溪，
去了无际的海洋？
或许，
已经化作水蒸气，
慢慢地飘到天上。

我的心还留着你路过的脚印

在那萌萌的日子，
谁也不在乎假意真情。
那燃烧的浴火，
烧焦了两颗蹦跳的心。
当我蓦然回首，
才发现身后还有一个凄楚的身影。
瞬间，
泪水模糊了我的眼睛。
自樱花纷纷扬扬坠落，
你潸然离去的情景还历历在目。
我破碎的心，
还留着你踩过的脚印。
你还好吗？
是孑然一身？
还是……
我对你的爱始终没有改变，
请你与我风雨同行。

飘逸的长裙

一个艳丽的黄色
从前方飘来
我的目光一直没有离开
那轻盈的脚步
如同音乐的节拍
那飘摇的裙子
像一朵
从天上飘来的云彩
我屏住了呼吸
等待
等待
等待她走进我的心怀

还有情书吗

那是一个
不当面的表白
才把自己的爱慕
用纸和笔抒写
在煤油灯下
写了几百封
也没有把一张纸
寄给他心中的爱
现在还有
沉甸甸的情书吗
微信网络手机
已经取代手写的情书
当我们吃着快餐
坐着高铁
闪婚
闪离
充斥整个世界
读一读
那些泛黄的情书吧
婚姻的路上
或许就不会“拜拜”

不会吧

你说你像一片云，
忽而西忽而东。
不会吧？
我看到，
你宅在书房像坐莲观音。
你说你像一阵风，
来无影去无踪。
不会吧？
我听到，
你躺在温暖被褥中的鼾声。
你说你像一朵花，
既鲜艳又娇美。
不会吧？
我看到，
你脸上布满了忧郁的烙印。
你总是把自己，
最坚强的一面展现给别人。
你总是把自己，
最脆弱的一面埋得很窖。

你是那块料吗

你说我像一朵玫瑰花，
要带我去看海角天涯。
我等到海枯石烂，
也没有接到你的电话。
听说你已经到天山脚下，
要去采那冰清玉洁的雪莲花。
我伤心的泪水“扑扑”流下，
这个季节天山已白雪皑皑，
你是那块料吗？

柔情

残阳弱柳拂桥
河水悠悠
两情相对泪如雨
愁煞云不游

如梦似醒心愁
鸟儿啾啾
绵绵柔情情似水
缠绕大山腰

似曾相见

其实
我们素未谋面
其实
我们头一回相见
其实
我们没有丝毫牵连
是什么使我们感到
那么亲切
是什么让我们觉得
似曾相见
啊！
似曾相见
可能我们曾经擦肩而过
可能我们曾经进入过彼此的梦境
可能我们前世有缘

叙不完的爱

人海茫茫
唯独你飘进了我的心房
像两只久违的小鸟
飞到了一个曼妙的地方
卿卿我我
倾诉爱慕的衷肠
日出日落
春来秋往
叙不完的爱
从汹涌澎湃的爱潮
变成了一泓清泉
慢慢地流向远方

沧海茫茫
只有你依偎在我的身旁
像一只可爱的小鸟
怀抱着一个古怪的思想
无怨无悔
守候着一份的情伤
容颜衰去
天老地荒
叙不完的爱
从汹涌澎湃的爱潮
变成了一泓清泉
慢慢地流向远方

偶遇

弯弯的路上，
我遇见了一位美丽的姑娘。
撞出了爱情的火花，
燃着我心房。
我爱你，
爱你的美丽和善良。

小小的池塘，
游着一对鸳鸯。
林荫花径边，
我们诉说衷肠。
我爱你，
爱你的温柔和大方。

静静的树林，
那是我们的天堂。
月光亲吻着大地，
空气散发着芳香。
我爱你，
爱你的勤劳和奔放。

锋利的丘比特箭，
射中我们的心脏。
我们手拉着手，
小天使带着我们自由飞翔。
我爱你，
爱你到地久天长。

梦中的白马王子

多少个夜晚
我梦中见到你
我的白马王子
你乘风而来
那么的英俊
那么的飘逸

多少次梦中
我在深情呼唤你
我的白马王子
我怀抱着你
你是我的心
你是我的蜜

啊！我要找到你
我的白马王子
无论你在哪里
我都要找到你
你是我活着的情
你是我活着的理

啊，我见到你
你像一缕薄雾
时隐时现
你像一朵彩云
飘来飘去
啊！你是我的心迷

心梦

我采访过一些离乡背井，在外打拼的女企业家，看起来她们光鲜靓丽，其实她们心中仍然有一块脆弱之地。

一夜清梦醒，
湿透半枕巾。
夫君似流云，
何日入我心。

望断十五月，
欲盼家乡信。
一瓣花叶谢，
愁煞女儿心。

岁月似流水，
难洗离别情。
落叶应有时，
何日见夫君。

月光下的大海

银色的沙滩
蓝色的波浪
我和美丽的姑娘
漫步在大海的沙滩上
大海温柔得
像美人鱼一样
依偎在我们身边——
低吟
蜷伏在我们脚边——
荡漾
啊!
月光下的大海
散发着迷人的芳香
啊!
月光下的大海
演奏着动人的音响
我的心随大海起伏
我的心随海燕翱翔

河边的情歌

清清的河水
从我们眼前流过
心爱的人儿
在我身边坐着
水上白帆点点
天空彩云朵朵

乖巧的小小鸟儿
从我们头上飞过
心爱的人儿
在我身旁叙说
这个时刻很美妙
这个时刻真快乐

给小爱一米阳光

小爱是
一间温馨的小房
小爱是
一张缠绵的小床
小爱是
一个角落的私语
小爱是
一片树林中的激荡
给小爱一米阳光
莫让
鄙夷的目光灼伤
这个世界就是
由星星点点的小爱组合
才有浩瀚无际的大爱海洋
给小爱一米阳光
莫让
怪异的表情遮挡
给小爱插上美丽的翅膀
让她去亲吻大爱的阳光

爱的绿芽

躺在软绵绵绿草地上
让惬意的太阳
在我身上曝光
身边风情万种的花儿
撩拨着我愚钝的情商
我仿佛看到了
许多美女
在枝头上翩翩起舞
在绿芽旁靡靡歌唱
啊！我亢奋
啊！我膨胀
心底爱的绿芽
在春风里疯长

鹊桥来人

牛郎和织女，
穿越到今夕。
大街上逛，
小巷里觅。
寻找自己的影子，
寻找自己的后裔。
女的走路飘移，
男的说话奶气。
穿的不是织女的布料，
散发不是牛郎的牛气。
吃的是丰盛大餐，
送的是不菲厚礼。
看的是进口大片，
玩的是电脑游戏。
牛郎看了生气，
织女看了着急。
牛郎劝织女，
观察须仔细。
哪对是真情侣？
哪对是假夫妻？
织女叹息，
哎！这个世界太诡秘。
七夕呀七夕，
再也找不到我和你。

恋

昨夜风雨雷声急
搅乱征人心绪
听窗外
是吵
是寂
扪心问
恋子
恋妻
都不是
是恋我还未见面的姊妹兄弟
是恋那块我将要耕耘的大地

博爱

扯下雨后的彩虹
当地毯
摘下十五的月亮
当绣球
拔起高高的喜马拉雅山
当球棒
猛地一击
把爱传遍全世界

爱，不一定都可爱

爱，
不一定都可爱。
错爱，
溺爱，
宠爱……
却一定会带来伤害。
心脏有时候，
也会欺骗自己，
咚咚，
咚咚，
咚咚咚……
一时间的脸红，
一辈子的无奈。
那朵最艳丽的花，
人人都爱，
可它并不适合你佩戴。
大款、大腕们流下的馋涎，
早就把它灌溉。
知趣一点吧，
其实，有一朵花就在你十步开外。

你还记得校园那片森林

我们相约在校园那片森林，
一起去背诵唐代的诗文。
我早早地来到那棵大树下等候，
眼睛盯着书心里却分了神。
一个漂亮的女同学从我身边经过，
我望着她微笑，
她那双扑闪扑闪的大眼睛里脉脉含情，
好像在问：你好！
在这里读书还是等人？
我结结巴巴回应：看书。
女同学不停翻动手中的课本，
好像有话要说却始终没有发音。
猛然，
我看到你姗姗而来，
一下就绷紧了我那脆弱的神经。
你望着我和那位女同学，
诧异的眼神。
我手足无措，
女同学惊恐万分。
女同学慌忙地说：对不起，原来你已经……
你问我：她怎么也在这里，
我没有回答，
只是呆呆地望着女同学离去的背影。

我们还会记得从前吗

还记得公园里那张椅子吗？
我脱下外套铺在椅子上，
你感动得流下了幸福的眼泪，
第一次趴在我的耳边说：我喜欢你！
你还记得公园里那座拱桥吗？
你穿着高跟鞋上桥的时候，
不小心崴了脚。
我急忙抱着你，
靠在桥栏上，
你第一次在我的怀中撒娇说：
我要在你怀里躺一辈子。
你还记得公园里，
那座高高的宝塔吗？
我们兴致勃勃地爬到塔顶上，
我们一起憧憬着美好的未来。
你靠在我的肩上温柔地说：
我们的爱，
就像我们现在的广阔的视野。
时过境迁，
爱的激情早已消失殆尽。
日复一日，年复一年。
繁琐的日常生活，
已经把过往忘记。
我们还会记得从前吗？

咏黄山

甲申年3月下旬，与友人同游黄山，翻山越岭，极目远眺，黄山美景尽收眼帘。吾观其盛状，奇峰异岭，怪石林立，松涛阵阵，云雾乍起，汇四岳之万象，纳天地之灵秀。我赞大自然的造化，鬼斧神工；叹人生短暂，行若流云，来去匆匆，过而即失。成也罢，败也罢，与江山社稷相比，个人的得失又算得了什么？人来了，人又去了，江山依旧，风景依旧。于是，作诗一首，以表心迹。

黄山方圆八百里，
四岳万象俱其中。
松立绝壁云涛起，
溪跳山间曲径通。
虎恨莲花峰太陡，
鸟爱光明顶上红。
最怜天外飞来石，
独傲江湖笑迎风。

庐山行

1981 年 4 月 29 日，一群教书匠在学校的组织下来到庐山，虽然日夜颠簸，身体疲惫，但是一进入庐山，个个都精神焕发。秀丽的庐山引来了全国各地的游人，旅馆爆棚，人们在街头铺床、在饭店门口露宿。我十分惊叹大自然的魅力。

五老峰

好一棵青松，
绝顶显神威。
遥望峰之外，
惟见白云飞。
企盼东方日，
不畏寒风吹。
朝阳破云出，
江山多妩媚。

半山亭

白絮铺青山，
人往云中钻。
一阵狂风起，
日出是景观。

望江亭

望江亭，长江望，
滔滔江河蛇一样。
云来瞬时失，
雾去又变相。
好在游人痴，
常误自己在天上。

山涧游

山里有高山，
云中有密云。
青山把我抱，
绿水把我迎。
怪石知人味，
绝壁通人情。
高峰扬我威，
碧水知我心。
庐山风景美，
我在云里行。

如琴湖

有人说你是湖，
不，我说你是镜。
晶莹剔透的湖水，
把四周的青翠印。
有人说你像琴，
不，我说你是心。
大公无私，
安详恬静。

咏御景湾

东临湘江水，
西近岳麓山。
福人居福址，
恒大御景湾。
屋檐似凤翅，
楼顶像桂冠。
白昼江鸥飞，
月夜祥云伴。
区内更神奇，
风光尤灿烂。
景点融亚欧，
大家之风范。
人往御景走，
紫气绕身转。
红尘惬意处，
御景湾璀璨。

凤凰城

沱江水一波又一波，
吊脚楼一座又一座。
爱情歌一首又一首，
美少女一个又一个。
这里就是凤凰城，
这里就是才子窝。
文人当数沈从文，
一部边城四海播。
画家当数黄永玉，
幅幅画作夺心魄。
为官当数熊希龄，
治国安邦有举措。
这里数不完的是人物，
这里唱不完的是山歌。
沱江纯水一波接一波，
凤凰美酒一锅又一锅。
吊脚楼一座挨一座，
八方客一拨接一拨。
这里就是凤凰城，
这里就是美人窝。

张家界

潺潺流水声如琴，
巍巍怪山似笋立。
东西南北旅游客，
不知不觉被景迷。
黄石寨上魂断桥，
金鞭溪边水如碧。
天子山上抬眼望，
日出东方云涛疾。

金鞭溪

突兀怪峰似金鞭，
遗落张家数千年。
溪水潺潺流不断，
客人源源首尾衔。
仰望绝壁最高处，
只见凸峰不见天。
千万年来无人问，
改革之后不等闲。

西藏行

1982 年，我告别亲人来到雪域高原，在日光城拉萨我感受到了藏族人民的热情、豪爽和质朴，也欣赏到了许多高原美景。

布达拉宫

布达拉宫，傲立山峰。
远近风光，尽收眼中。

好座奇宫，道道相通。
弯曲转折，妙处无穷。

好座王宫，菩萨集中。
古今中外，百经通融。

好座神宫，如剑如峰。
威风凛凛，直逼苍穹。

罗布林卡今昔

白云绕山顶，
帐篷布草坪。
苍翠树木中，
雕花庙宇现。
节假休息日，
藏民来游闲。
五六人一堆，
酒果放中间。
饮酒又歌唱，
男女舞翩跹。
赛过汉族人，
胜过活神仙。
昔日不如此，
达赖举霸鞭。
林卡是夏宫，
享乐搞封建。
庙宇香烟浓，
树木失天颜。
农奴休想进，
进者见殿阎。
来了共产党，
林卡才见天。
歌声绕云山，
藏民笑开颜。

唐古拉山口

唐古拉山口，
高达六千八。
汽车雪中行，
宛如虎口爬。
阵阵大雪舞，
好似虎嚼牙。
回想那情景，
做梦也害怕。

盐湖

大地将
海洋高高举起
瞬间
出现了世界奇迹
无边无际的蓝色大海
变成一片白茫茫的高地
这就是
举世无双的青海盐湖
是大自然
给予人类的恩赐

西域赏月

欲观西藏月，
独自推开窗。
寒风袭人体，
皓月生白霜。
倚户细品味，
满目尽苍凉。
喜在千里外，
亲人同沐光。

献情

青稞美酒我不喝，
羊毛花毡我不坐。
留下这一点时间，
我要放声唱支歌。
歌儿献给心上人，
歌儿献给我祖国。
歌声有甜也有苦，
歌声有悲也有乐。
世界屋脊再高大，
阻不住我的拼搏。
洁白的丝绸哈达，
系着你也系着我。

一支歌

一支歌，
一支美丽的歌，
一唱百鸟合。
鸳鸯双双来戏水，
凤凰对对开屏乐。

一支歌，
一支春天的歌，
一唱枯树活，
绿枝嗖嗖往上长，
百花艳艳永不落。

一支歌，
一支嘹亮的歌，
一唱撼山河，
大江滔滔巨浪高，
高山顷刻变巍峨。

一支歌，
一支深情的歌，
一唱动心魄，
爱情永恒歌不断，
歌中有你也有我。

相思曲

说不完思念情
须发一夜白如冰
道不完无限爱
落得两腮泪淋淋
湘江河畔携手走
花径柳荫并肩行
忆不完
儿女情

柔情百肠断
离恨盼天明
月缺总会月圆时
离别何须太伤心
妻贤在家待高堂
夫勇出外摘金星
待明朝
情更深

澳海澜庭

谷山脚下
有一个美丽的村庄
当我第一次看到
她的时候
就好像遇见了
梦中情人
澳海澜庭
一道靓丽的风景
澳海澜庭
一座祥和的小城
澳海澜庭
一张温馨的家门
她是我的最爱
小桥流水
四季花开
空气清新

雪狐

这是我在大雪纷飞时节从西藏湖南路上的一次经历，真是惊险。那只雪狐的出现，让我们从极度恐慌中，看到了希望。

汽车停在白雪皑皑的高原上，
老司机心里十分慌。
他结结巴巴同我说，
他已经迷失了方向。
我早就听朋友说，
在雪域高原找不到路就等于死亡。
我的眼睛向四周眺望，
看到了一只雪狐在向我张望。
我马上腾起了生的渴望。
师傅也看那洁白的生灵，
大喊道我们有了活的希望。

思乡

孤身投异地，
思念日久长。
明月时时有，
照我好还乡。
家乡如画美，
常惹我心醉。
每逢佳节时，
可怜思乡泪。

动心

壮志登屋脊，
心亦系湘江。
遥遥天际远，
颗颗心归乡。
白云飘东去，
捎信回家乡。
千言和万语，
难叙我衷肠。

禅

啵、钵、薄，
伴着木鱼活。
红尘诱惑多，
世外分善恶。
禅悟大空间，
妙处生锦帛。
善哉善哉善，
心中居活佛。

西行

展翅不怕雷电击，
迈步哪管山崎岖。
唐僧西游艰险多，
我辈西行难不离。
苦苦行僧得真经，
条条泪痕感天地。
纵有千难和万险，
诚心援藏志不移。

天心阁

古阁雄居闹市中，
春夏秋冬景不同。
雕梁画栋绿荫隐，
阁高地阔墙宽宏。
琴声孤灯夜色浓，
风月万千朝暮涌。
薰风丝丝入雅轩，
妙音绕梁月朦胧。

故乡行

一城稳坐抚河边，
几代王朝出圣贤。
唐宋文坛八大家，
三家出生在临川。
戏剧大师汤显祖，
牡丹亭戏戏万年。
文昌桥头传佳话，
才子之乡天下传。

湘水湾吟

美丽湘水湾，
坐落西江岸。
左右飞彩虹，
紫光绕楼盘。
手笔霸气足，
勇于站高端。
鸟鸣花飘香，
四季皆灿烂。
星夜湘水湾，
景色如梦幻。
一步一景点，
一景一浪漫。
商贾纷沓来，
贵气冲霄汉。
家住湘水湾，
幸福又美满。

株洲，我爱你

我爱你秀美的山水，
每条小径都有炎帝的足迹。
我爱你红色的土地，
每寸泥土都有革命者的血液。
我爱你繁华的城市，
每块砖头都有创业者的汗迹。

我爱你有夸父的毅力，
和谐号在高铁的飞驰。
我爱你有后羿的气质，
霹雳号在边疆的威力。
我爱你有西施的美丽，
湘江风光带游人如织。

我爱你有大海的胸怀，
纳百川容小溪；
我爱你有大地的憨实，
讲诚信重礼仪；
我爱你有蓝天的高远，
埋头干夺第一。

株洲，我爱你！
株洲，我爱你！
株洲，我爱你！

湘阴行

应邀来到湘阴县，看到县城日新月异的变化，心潮澎湃，感慨不已。于是作诗一首，聊表情怀。

湖之南来湘之阴，
好山好水养精英。
中堂雄才治新疆，
大漠深处柳成荫。
千里荷叶连天碧，
万亩良田色如金。
古城脱胎变新城，
夕阳渔歌有佳音。

沭阳感怀

沭阳古城寻虞姬，
只见高楼平地起。
大街小巷车如流，
东关西关数十里。
北门南门全开启，
巨商富豪齐云集。
虞姬如果在天庭，
定会再爱出生地。

月边云

古亭伴静湖，对月抚古筝。
一曲古韵远，月亮东方升。
再曲音调沉，缠绕情欲深。
仰月光影移，俯湖水无根。
借问天上月，游子爱与憎。
孤单饮闷酒，对情已陌生。
云从圆月过，未留一丝痕。
嗟叹人生短，何必苦修身。

相会七夕

我你公园度七夕，
石拱桥上叙情谊。
一对鸳鸯水面游，
两只黄鹂树上睇。
牛郎当年恨离别，
鹊桥相会泪水滴。
相逢何必又相爱，
相爱双方要珍惜。

海峡

这是一条蓝色的海峡，
海峡这边那边都是一家。
刀光剑影、炮火连天的年代渐渐逝去，
唯独政见的坚冰还有待融化。

这是一条美丽的海峡，
两岸共和国民都是中华。
经济互补，合作共赢的愿景蹒跚走来，
唯愿盛开和平统一之花。

这是一条壮丽的海峡，
海峡东西南北都是自家。
你心里有我，我心里有你的感情喷发吧，
唯有民族融合才能强大。

这是一条幸福的海峡，
海峡天上地下都是华夏。
兄弟提携，姐妹和谐还有比这更好的吗？
唯有团结才能俯瞰天下。

春雨潇潇

又是一轮爽然的春雨，
源源不断送来甘甜乳汁。
又是一个无声的雨夜，
缠缠绵绵叙说离情别意。
干渴的小草滋润了，
从枯黄中爆出了绿意。
含苞的花蕾怀春了，
默默地叙写春天的美丽。
爱俏的姑娘高兴了，
脱下厚厚的棉衣。
啊！绵绵的春雨，
滋润出一个崭新的天地。

秋天来了

秋天来了
来得是
这样从容
一丝丝凉风
伴奏一波波碧浪
一起一伏
催着我们进入甜蜜的梦

秋天来了
模样是
那样清纯
一树树红叶
组合成一幅幅画丛
我和你
是否能在画中相逢

守望

从播下种子那一刻
我们就开始
守望自己的一亩三分地
春天
我们悉心呵护
期盼每一棵嫩芽
不要被虫咬
不要被雨打
不要遇冰雹
夏天
我们默默地祈祷
不要烈日炎炎
不要淫雨霏霏
不要迷雾重重
守望着
想象着
丰硕的果实
甜美的笑脸
幸福的模样
守望着……

捡地皮菌

昨夜雷声阵阵，
风雨交加，
睡在床上想稀奇的东西吃。
天上飞的地下跑的都无味，
就是不知道什么好呷？
雷还在轰鸣，
雨还在潇洒。
忽然想到地皮菌，
口水就流下。

天亮就出发，
开车去乡下。
走进山里面，
把身子蹲下，
拨开草丛，
地皮菌出现啦！
看到黑黑的软软的雷公菌，
心里乐开了花。

红枣树

父亲种棵红枣树，
两年之后果实旺。
摘下一颗尝一尝，
甜在口里思心上。
父亲乘鹤归西去，
但愿红枣树久长。
清明拜祭泪汪汪，
儿报全家皆吉祥。

甜酒

儿时跟在妈妈的身后走，
胖乎乎的我不知道忧愁。
站在卖甜酒的小摊前，
口水就在嘴边流。
妈妈放下担子牵我走，
我的哭声把妈妈心儿揪。
妈妈掏出血汗钱，
给我买了一小碗甜酒。
一晃就是几十年，
我依然还喜欢甜酒。
甜甜味儿还有酒香，
那酒香在喉咙转溜。
母亲的爱就像甜酒，
在儿的心里永久永久。

列宁装

那件列宁装的棉袄，
我总是忘不了。
蓝色的咔叽布料又旧又老，
两排扣子已掉没了。
我把衣领竖起，
搓把草绳捆着腰。
穿我身上走了样，
它可是我的火龙袍。
寒冬腊月为我抵御风寒，
伴我度过青春期最艰难和苦恼。
列宁装棉袄已经早就不在了，
艰辛的故事还在缠绕。
列宁装的款式、颜色，
已深深留在我的大脑。

上大学的路上

正值早春二月间，
寒风依然显威严。
父亲送我去学校，
恰逢毛毛阴雨天。
父亲在后我走前，
默默无语到校园。
父亲忽然喊住我，
脱下棉袄披我肩。
父亲转身往回走，
我望背影泪涟涟。

放牛

那是跟我差不多大的舅舅，
我跟他一起去放牛。
弯弯曲曲的泥泞小路，
舅舅在前面牵，
我在牛后面游。
山上的草绿油油，
山坡上的孩子乐悠悠。
打游击，
比摔跤，
我一不小心把脚扭。
牛娃围着我，
哎呀呀！
急坏了我的小舅舅。

农家乐

驱车数十里，颠簸两小时。
七弯又八拐，车攘小树枝。
忽问鸡狗鸣，车到农舍止。
下车松筋骨，清风凉习习。
后院住主人，前院摆酒席。
老板是农夫，笑着行大礼。
泡茶又递烟，呼唤女和妻。
全家都忙乎，杀猪又宰鸡。
客至包厢里，谈天又说地。
饭菜摆上桌，客人笑眯眯。
盛赞菜味好，人人都欢喜。

领地

长啸一声
吐出自己的豪气
何必把自己
埋藏在沙粒
该出来的并不是头颅
是做人的骨气
你是否
还有超人能力
能拼出自己的天地
你好像早已泄气
再不会有新的主意
我劝告你，心不要太大太急，
只要你
专心去画一个圆圈
或许
还可以圈到自己的领地

喝茶

坐在一棵苍老的树下，
喝着安乡的黑茶。
望着飞来飞去的麻雀，
想着海角天涯。
那绵绵不断变化无常的云彩，
何时带我去玩耍？
难道那么广阔的天空，
也不是你的家？
我举起茶杯，
邀雀儿同我一起品尝。
雀儿叽叽喳喳，
笑我的茶杯邋遢。
我邀老树与我共饮，
老树笑了，
小子早就应该请老夫喝上一杯了。

江南美

一股春风扑江南，
天蓝蓝，
花娇娇；
山绿绿，
柳飘飘，
人到自然自然飘。

一路欢歌唱江南，
水妖妖，
船摇摇；
男儿雄，
女儿娇，
人在画中走画把人来邀。

放出心情

春天来了，
敞开紧闭的门窗，
把阳光请进家来。
小鸟的叫声声声清脆，
好像在呼唤我“出来”、“出来”，
我朝阳光走去，
一头扎进了大自然的胸怀。
啊！这是一个多么清新、灿烂的天地，
柔和的春光像母亲的双手，抚慰着我。
鲜花给我送来芳香，
百鸟围在我身边欢唱。
我迷糊，
这是在人间？
还是在天堂？

思念

一轮明月挂枝头
抬眼望
千里河山
万里云稠

一对夜莺唱枝头
俯首聆
一丝思念
几多离愁

一滴雨珠

一滴雨珠从天上降下
撞击地上的尘埃
尘埃顿时升华
啊！我要上天啦

一滴雨珠从天上飞下
落在一棵树丫
树丫激动了
啊！我也会落泪了

一滴雨珠从天上落下
掉到一片荷叶上
荷叶开心了
啊！我得到一颗珍珠啦

玉狐狸

你活跃在灌木丛中，
凭自己的智慧周旋在毒蛇猛兽之中。
面对强敌的攻击，
你表现从容。
为了生存，
你狐假虎威。
为了繁衍，
你作哑装聋。
你虽然不是百兽之王，
却能玩百兽于股掌之中。

心霾

你说你喜欢我，
却片刻没有停止对我的猜疑。
你说你爱我，
语言中不时流露出怨气。
这人世间的男男女女，
两颗心就这样难走到一起？
你不会交出最后的一张底牌，
我不会说出内心深处的秘密。
片刻的温存，
一辈子的花言巧语。
人可以走千里万里，
却永远走不出方寸的阴霾。

沐浴阳光

走出谜一样的森林，
飞出圈一般的门窗。
带着心爱的人儿，
一起去旷野沐浴阳光。
让阳光从我们的头顶曝满全身，
让阳光从我们的肉体射入心脏。
彻底清除我们身上的晦气，
彻底驱逐我们心灵的忧伤。
我们的视野更加宽广，
我们身上不断升起正能量。
乌拉！

咏春

柳枝条条扬春意，
百花朵朵俏枝头。
路边小草绿如茵，
和煦阳光曝小楼。
窗边小鸟喳喳叫，
庭院小狗漫漫遛。
人生惬意春常在，
莫把春光付东流。

感慨

昨夜大雨涤凡尘，
今晨薄雾侵窗棂。
远处枫树叶渐红，
近闻桂花香散尽。
睁眼繁华匆匆过，
闭目闹市冷清清。
人生春秋自己写，
不留遗憾给后人。

花草

我喜欢花草，树木。我认为菩萨不公平，没有把它划到不可杀生之列。花草也有生命，它不仅仅给人们带来视觉上的清澈、明快，也给我们的生命提供了许多养分和愉悦。

劲松

青青小劲松，
傲立险山峰。
阳光抚育它，
欺霜又顶风。

没有阳光照，
哪有参天松。
不经风和雨，
怎能见彩虹。

迎春花

你像柳条弱不禁风
你像蔓藤瘦弱清秀
你像秀发飘逸优美
迎春花
看上去你恬静
看上去你细小
看上去你懦弱
但你骨子里坚强
在凛冽的寒风中
第一个在春天里绽放

小草

萋萋小青草，
行人践踏之。
百折心不死，
春来发新枝。

荷花的杆

你撑起了
美丽
纯洁
吉祥
留给自己的是
瘦弱
孤单
凄凉
当人们欣赏荷花的时候
却没有人给你一点余光
当人们颂扬荷花的时候
却没有人给你一点表扬
荷花杆
你是否会有那么一点
怨气
嫉妒
忧伤
你不会
因为你是荷花的脊梁

血红的茶花

走过了春秋，
阅尽了炎凉。
你没有丝毫的哀怨，
也没有丝毫的忧伤。
总是那样坦然，
总是那样茁壮。
你坚实的枝干，
能抵挡隆冬的雪霜。
你憨厚的绿叶，
能经受酷热的阳光。
你含苞待放时，
好一个羞羞答答的模样，
你慢慢露出脸蛋时，
把萧杀寒冬点亮。

喇叭花

爬呀爬，
向上爬，
再高的树也不怕。
爬呀爬，
向上爬，
再陡的壁也要爬。
只要给你一点点空间，
你就会给世界
一幅美丽的图画。

向日葵

我赞赏你的执着
更佩服你的忠诚
你那充满朝气的面庞
始终追随太阳的灵魂
你是太阳遗弃在大地的儿女
你灿烂的微笑
是热爱生活的象征
虽然经受几千年的磨砺，
你的痴情依然那样坚贞

秋菊

凭栏处秋雨潇潇，
风卷残叶遍野嚎。
天下炎凉品尝尽，
唯有寒菊最逍遥。

兰花

芊芊身材如弱柳，
幽幽品性似闺秀。
碧绿从中冒探花，
恰似仙女青山游。

石榴花

你很特别，
细细的枝条长长的叶。
你真的很特别，
厚厚花蕾爆出红红的血。
你确实很特别，
你不与百花争艳
不与菊花傲雪。
你就是你，
石榴，
你平凡而又高洁。

油菜花

天降雨纷纷，
农民撒籽忙。
青苗平地起，
一片绿海洋。
身过腊月间，
遍野金黄黄。
待到果实熟，
人间满清香。

月季花

雪花纷纷飘满地，
红花朵朵雪中立。
佳节有幸观此景，
胜吃一桌好宴席。
人道梅花傲雪霜
我看月季欺寒奇。
一年四季月月美，
那有冬梅性孤僻。

芭蕉花

一片片硕大的叶子
一根根粗壮的杆子
杆子上一朵朵火红的花儿
像一面面鲜红的旗帜
这就是芭焦花
炎炎烈日晒不死
凛冽隆冬冻不死
这就是芭蕉花
只要一点点生机
它就要高高举起自己的主义

雪花

你从天上轻轻地飘下
晶莹剔透
洁白无瑕
点缀高山
点缀田野
点缀树丫
我追随潇潇洒洒的身影
奔跑在苍茫的原野
啊！
我爱你，雪花
爱你无私无畏
爱你朴素无华

颂竹

从破土的那一天，
你的气势就凸显。
境界一节节升华，
意志一天天变坚。
任凭风雨潇潇，
你胸襟宽大如天。
治天下难容之事，
扛江山安危于肩。
你是正义的宝剑，
捍卫着这块土地的清廉。

夜歌

大地沉睡了，
蟋蟀在歌唱。
唧唧喳喳的歌声，
有谁会欣赏？

大地沉睡了，
夜莺在歌唱。
缠缠绵绵的歌声，
把人们带入甜美的梦乡。

烟雨长沙

茫茫天降物，
绵绵无休止。
高山已隐身，
江河无声息。
天天盼阳光，
日日把春思。
我唤天开眼，
驱散漫天霾。

观海

独自去观海，
波浪眼底收。
涛声如虎啸，
浪里飞海鸥。
小岛如玉簪，
大船似小舟。
朝夕潮涨落，
如梦几春秋。

叙梦

我们苦苦寻觅
人生的真谛
从日出到日落
从南极到北极
我们苦苦探求
梦幻的含义
平民厨房的柴米
将军胯下的战马
宰相案头的纸笔
皇帝手中的玉玺
人活在世上总想分个贫贱富贵
人活在凡间总想比个输赢高低
美丽的梦想一点一点消失殆尽
脆弱的生命一个一个分崩离析
补天的女娲
是否还在为苍生着急
填海的精卫
是否还在与大海搏击
育人的孔子
是否还在给人们启迪
救命的华佗
是否还在民间悬壶济世
啊！弱肉已被强食
灵魂卖给金币
我们埋怨苍天
我们心头哭泣
谁是我们的救世主？
只有我们自己

美丽的中国梦普照大地

红日从地平线升起，
美丽中国梦坚强无比。
领袖和人民肝胆相照，
千难万险无所畏忌。

红日从古老东方升起，
美丽的中国梦普照大地。
亿万华夏儿女从四面八方汇聚，
为实现美丽的中国梦出力。

红日从古老中国升起，
美丽的中国梦磅礴大气。
马克思主义与中国实际结合，
红色的中国所向披靡。

红日从中国人心中升起，
美丽的中国梦高高耸立。
五千年文化蕴藏的喷发，
张显出让世界都惊叹的魅力。

秋梦

行走在桂花树丛，
香气诱发我冲动。
我幻想那轮皓月，
飞出来一只金凤。
不求她化为美女，
但求把凡间读懂。
这世上情为何物，
人间何处有情种。

读书郎

一张课桌长四方，
桌上伏着读书郎。
写写画画学本领，
严寒酷暑都一样。
一个书包装天下，
少年读书为国强。
兴高采烈去上课，
校园花儿格外香。

外面的世界也有一个你

我们对外面世界既陌生又好奇，
既向往又恐惧。
其实，
外面的世界也有一个你。
和你一样的长相，
和你一样的爱好，
和你一样的脾气。
或许你会与他在一个美妙的时光奇遇，
或许你和他会成为知己。
对着蓝天，
对着大山，
做一个深呼吸，
再大声喊一句：
外面的世界我来了。
然后，
迈开脚步，
大胆走出去。
告诉自己：
外面的世界，
也有一个自己。

苦涩的青春

走进简陋的厨房，
渴望滋润的油光。
没有营养的青春，
释放生命的顽强。
背着手缝的书包，
装着灌进的理想。
世界还有穷人没有解放，
课堂上肚子却饿得发慌。
穿着补丁叠补丁的旧衣裳，
高贵的头活跃在大街小巷。
苦涩的青春在红潮中荡漾，
铭刻的是真理成长的是坚强。

爱

每人都得到过爱，
全凭本人来对待。
若把爱心当包袱，
前进途中成障碍。
若把爱心当动力
化作春光暖世界。
我把爱心投书本，
当个蜜蜂勤采集。

愁

坐干岸边沙，
目送江水走。
水若知我心，
替我洗忧愁。
伤心无言语，
泪如泉水流。
汇入湘江里，
管它沉与浮。

同学

我们是朋友，
更比朋友亲。
寒窗读书苦，
彼此能知音。
我们是兄弟，
更比兄弟亲。
相互共勉励，
你心换我心。
长亭相送别，
拥抱泪淋淋。
此别各天涯，
祝君捷报频。

男儿歌

莫思乡
思乡欲断肠
男儿有志
志在四方
笑脸
喜闻家安康
拼搏
力图事业强

莫掉泪
掉泪太轻狂
战士有勇
勇在沙场
骑马
总好草原宽
为国
常盼国富强

认知

百花争春光，
落红应有时。
凡尘本虚无，
人生求真知。
莫道路途远，
起步仍不迟。
心怀天下善，
前程无劲敌。

叩问

叩问香雅轩，
今夕是何年？
风蚀玉石锈，
雨打鲜花蔫。
湘江水拍岸，
古琴音哀怨。
艄公渡凡人，
难渡人成仙。

点亮

封闭已久的心灵
　　滋生一种渴望，
哪怕从门缝隙
　　挤进一束光亮。
沉默幽暗的空间
　　弥漫狂躁，
突围成了
　　唯一的动想。
摸着坚韧墙壁，
　　看不到丝毫的希望。
我双手用力拉开
冷冰冰的胸膛，
从左边掏出一颗
　　血淋淋的心脏。
我要用这颗火热的心，
　　把这个沉默的空间照亮。

回到童年

一晃过去几十年，
孩提欢笑在眼前。
迷藏还在人生躲，
陀螺还在生活转。
日子虽然今胜昔，
童真早已飞上天。
我唤天宫多作美，
把我变回到童年。

八月风情

八月风清丹桂香
五湖秋水已渐凉。
天空高远色蔚蓝，
原野浅表染白霜。
一轮皓月破云出，
千家万户赏月光。
嫦娥抱兔会吴刚，
有情人儿终成双。

腌菜

那个老媄驰已经
早就不在
我还记得她
晒在簸箕上的腌菜
把蔬菜加工后
放到阳光下暴晒
酸中带一点点甜的味道
那是我儿时的最爱
我常常瞄着老媄驰
做的腌菜
装作若无其事的样子
从晒腌菜的簸箕边经过
突然抓一把就往口里塞
坐在门口的老媄驰发现
举起拐杖要打
我做个鬼脸
把老媄驰的嘴巴气歪
儿时的淘气已经
早就不在
簸箕上的腌菜
还是我的最爱
细细品味贫穷的滋味
才知道今天的生活多么可爱

四季人生

人生如四季，
好歹莫叹息。
望着日出落，
扪心问自己。
潮起出港吗？
潮落在哪里？
机会时时有，
何须天天觅。
善人佛光照，
歹徒厄运迷。
勇者走天下，
懦夫愁生计。
博学走天下，
庸才无生机。
人生是苦短，
眨眼一瞬息。
实现春秋梦，
关键靠努力。

怀念父亲

再也看不到父亲
矮小而又伟岸的身影
再也听不到父亲
深沉而又慈祥的声音
他宽阔的双肩一头挑着日月星辰
一头挑着柴米油盐
他有力的双手一手建起城市
一手养活家庭
父亲是一条船
带着我们
闯过了一个又一个湍急的漩涡
父亲是一棵树
护着我们
躲过一场又一场日晒雨淋
我们一个接一个成为父亲
他的勤劳
他的仁爱
他的诚信
将伴随我们前行

拼一拼

我们没有炫耀的靠山，
我们没有闪烁的背景。
我们有美丽的青春，
我们有过硬的本领。
荣耀虽然离我们还很远，
江山却离我们很近。
绵绵不绝崇山峻岭，
给了我们无限的爱恋。
滔滔不绝黄河长江，
给了我们不竭的热情。
我们不稀罕父辈留给我们的财产，
我们要用自己的双手去创新。
也许我们会经历许多磨难，
为了美梦我们一定会拼一拼。

小船

苍茫的大海啊
疯狂地掀起巨浪
我不会把你放在心上
我要借助你的力量
划向
我理想的彼岸

凶狠的鲨鱼啊
张开大口
我不能被你伤害
我要远离你的身旁
划到
我理想的彼岸

知青岁月

1974 年 4 月 5 日我下到株洲县龙凤公社天石大队，这是那时写的作品，虽然稚气，但很真实。

飞吧，雏鹰

你飞往何方
怎么老在空中徘徊
难道你
还留恋树梢上的小窝
不愿去天空翱翔
告诉我
你想不想翅膀硬朗
想
那你就飞吧
飞向蓝天
飞向海洋

告别

我有许多美好的幻想
我有许多古怪的愿望
当集合的号角吹响
我背起了出征的行囊
告别了城市
告别了爹娘
我们唱着歌
去一个艰苦的地方
我在好奇
我在张望
草籽花在向我摇头
油菜花在朝我吐香
我是一个刚学步的孩子
一摇一晃
我是一只小鹰
只想在蓝天上翱翔

放开眼

透过玻璃望窗外，
只见满山层层田。
站在山顶朝远望，
万里河山收眼帘。
今日农村来锻炼，
再苦再累只等闲。
男儿胸怀大世界，
攀登高峰放开眼。

银锄

银锄伴我去出工，
松土除草一阵风。
满手茧花无处空，
斩断修根它立功。

颂牛

牛生两只角，
光明又磊落。
身有千斤力，
耕田为民乐。

牛有四只脚，
天南海北落。
圆目观四方，
敢与对手搏。

日月星辰

起伏绵绵的山岭，
身披艳艳朝霞景。
知青排队去出工，
一锄挖到高山顶。
植树造林为我任，
祈盼树木早成荫。
炊烟袅袅绕农舍，
知青匆匆往回行。
月光从东冉冉起，
知青点里读书声。
读书为了长知识，
建设祖国献青春。

看山

皓月滚滚往西去，
雄鸡吹响起床笛。
起床洗漱登路程，
踏破白霜行路急。
人急可是山不急，
爬到山顶汗水滴。
顶上北风一阵阵，
双手裹紧御寒衣。
我为祖国守树林，
再苦再累心亦喜。

农民

春寒未退牛耕田，
仲夏烈日喜开镰。
苍天不知农民苦，
面朝黄土背朝天。
盼了双抢盼秋收，
盼来一个丰收年。
七算八扣剩无几，
夫妻掩面泪涟涟。

光阴难追

逝去光阴难追回，
莫叹人生似流水。
强者珍惜年华好，
埋头苦学步步追。

学英雄

八女投江很感人，
看完故事泪淋淋。
她们为了新中国，
甘洒热血写青春。
要学英雄立大志，
立足农村干革命。

盼望

多么好的天
多么好的地
我好奇的眼睛
把乡下的山山水水觅
一丘丘的良田
一山山的杉树
天哪
我的理想在哪里?
农闲时我们在山上挖土
农忙时我们在田里种地
和农民交谈
伴油灯学习
盼星星盼月亮
何时才有出息

一缕炊烟

站在开垦的山坡
看到山下一缕缕炊烟
肚皮咕咕直叫
双脚饿得发颤
炊烟啊！炊烟
你不要这么妖娆
我饿得实在受不了
你如果可怜我们
能不能把饭菜也飘到我面前
山就在对面
回点的路却很远
跌跌撞撞往点赶
泪水已模糊了双眼
天已渐黑了
人已经疲软
我的天呀
何时才能离开知青点

回家去

北风呼、呼、呼
踏雪吱、吱、吱
寒风刺骨何所惧
回家
回家
回家去
那里有我的父母
那里有我的姐弟

北风呼、呼、呼
踏雪吱、吱、吱
山高路远挡不住
回家
回家
回家去
那里有我的天
那里有我的地

来吧！阳光

我在密密的山林，
渴望看到温柔的太阳。
虽然，偶尔会有一点热量，
那只是冬暖夏凉。
我拼命往外冲去，
却找不到方向。
忽然，树枝的狭缝里，
挤进一丝丝光亮。
啊！我见到了你——阳光，
我的酷爱，
我的希望。
来吧！阳光。
我心中的太阳。
来吧！阳光。
我要追寻你，
找到我美好的理想。

念想

雾茫茫，天上下着毛毛小雨，我坐在办公室的窗口向远处的山头望去，白雾笼罩着青青的山，我不禁想起了“上山下乡”的那些日子。

白茫茫的云雾，
碧绿绿的山林。
细微微的凉风，
湿润润的山径。
你还记得我的名字，
我的瘦弱身影。
我就是那个看山的人呀，
下放时代的“知青”。
在那懵懂的日子里，
我们不知道生活的艰辛。
黄金般的时光交给了这片山林，
还有那无聊的同伴。
忧柔青春的感情，
是农民兄弟给了我信心。
宛如梦境的云雾，
裹着我身影。
我警惕地守护着，
生怕听到伐木的声音。
我从云雾中走出，
沿着下山的小径。
白茫茫的一片云雾呀，
我的足迹何处寻？

知青

那不是流金岁月，
却有青涩的理想。
没有自我的主张，
却有红色的狂妄。
一切听从党的召唤，
知识青年上山下乡。
挥去的是一身热汗，
收获的是体魄强壮。
失去的是奶声娇气，
得到的是土地芳香。
了解了农民的疾苦，
懂得了人生的暖凉。
虽然时代关闭了他们一张富贵门，
却为他们打开了另一扇向上的窗。

学愚公

九十老愚公，身居大山中。
外界无来往，南北行不通。
协商挖山事，愚公集子孙。
终年不休止，招来智叟讽。
愚公有毅力，玉帝被感动。
派来两神仙，背走影无踪。
学习老愚公，改变中国穷。
富裕是目标，有志必成功。
我们读书人，学习多用功。
知识是力量，卫星上太空。
今朝之骄子，明日是梁栋。
全国一条心，何惧缚苍龙。

分辨

王生早行遇美女，
娥眉巧语迷了心。
路撞道士隐真相，
回家窥视知实情。
虽有宝剑握在手，
命丧妻室受欺凌。
人世从来不太平，
真假好坏难分明。
花言巧语不要听，
为人处世切谨慎。
时刻记住画皮事，
风浪乍起心不惊。

借鉴

春秋战国间，诸国舞刀剑。
秦国欲攻赵，形势很危险。
赵国求齐国，齐国提条件。
太后一听怒，群臣来相劝。
劝者遭训斥，群臣不敢谏。
触龙去求见，进殿先寒暄。
支开太后火，劝意夹中间。
先讲自家儿，后说太后燕。
由远讲到近，由近扯到远。
话至长安君，太后喜开颜。
触龙的劝说，太后改私念。
皇家虽有子，无功休当权。
父母疼子女，为他想长远。
古人能办到，今人作借鉴。
培养接班人，反修防演变。

夏天雪

天章去赶考，云端给蔡婆。
十七当媳妇，改名叫窦娥。
窦娥丈夫死，接连又来祸。
赛卢不还债，勒死蔡婆婆。
张家父子俩，凑巧从中过。
蔡婆命根牢，死里命又活。
活了不如死，死了少场祸。
张家父子坏，坏心几千箩。
借此捞一把，色眼盯窦娥。
窦娥守妇道，拒绝张驴磨。
张家父子赖，蔡婆又有约。
住在蔡婆家，心里更阴毒。
趁着蔡婆病，向赛买农药。
蔡婆命不亡，死神又躲过。
好吃张家父，呜呼见阎罗。
张驴见父死，嫁祸于窦娥。
威逼她成妻，奈又奈不何。
实在无法子，强把窦娥拖。
衙门不公正，窦娥受折磨。
昏官不调查，偏信张驴说。
奇冤从天降，枉杀好窦娥。
夏天炎炎日，大雪纷纷落。
读完窦娥冤，命我久思索。
此文告诫我，办事多斟酌。
主观错办事，武断办事错。
多谢关汉卿，为今留杰作。

教训

中箭中山狼，
夹尾逃得慌。
幸好遇东郭，
书袋里面藏。
简子刚刚走，
狼儿显凶相。
张开血盆口，
东郭当食粮。
好心办坏事，
结果很荒唐。
此事且说明，
对敌莫善良。

治洪水

浊水漫河道，
闲人观江潮。
滔滔江河水，
悠悠晓月照。
问天心何在？
庶民要控告。
吉星何处了？
灾情年年报。
粒粒黄金谷，
汗水付水飘。
闲人且止步，
洪水休暴躁。
定要制服你，
修理好河道。

托起

你站在风暴中心，
擎起一面红旗。
国家不迷失方向，
人民不失去主义。
你站在浪尖之上，
托起一片生机。
哪怕一线希望，
也绝不会放弃。
你总是在
最苦难、
最艰难、
最危难时刻出现，
托起！
托起！
托起！
你托起了一个民族的自信，
你托起了一个国家的坚毅。

春春急

你给了我有限的美丽，
又给了我无味的荒唐。
你给了我无穷的活力，
又给了我盲目的张扬。
你给了我温暖的爱抚，
又给了我轻视的目光。
你给了我明媚的阳光，
又给了我黑暗的恐慌。
春春，我急你。
你压缩了我最灿烂的时光，
把莫名其妙都塞进我的思想。
你玷污了我最辉煌的时光，
把乌七八糟的东西都贴到我的身上。
伊甸园里发生的事情不是我的错呀，
你为什么把故事编织得那么精良。
春春，我令你，
去掉你的强权，
把我的美丽延长。
去掉你的禁锢，
把我的活力延长。
去掉你的蔑视，
把我的欢笑延长。

禹帝

禹帝治水为民忙，
三过家门不探望。
古人盛德感天地，
吾辈秉承为国强。
贫贱不要忘国忧，
富贵不能趾气扬。
天下财富天下分，
得多得少德来帮。

悼屈原

时光一晃几千年，
几个圣贤民间传。
每年农历五月五，
神州大地皆悼念。
为民呼者人民爱，
为国强者山河恋。
吟咏离骚一万年，
万年依然有屈原。

李白

手执生花笔，
才气往外溢。
斗酒诗百首，
傲骨顶皇帝。
辞官游四海，
天下留名诗。
后人摇头吟，
望尘而叹息。

蒲松龄

明末清初出才子，
屈指一数蒲松龄。
洞察生活挺敏锐，
才华横溢家境贫。
狐妖鬼怪都写到，
真善美丑皆分明。
笔下纸上走精灵，
聊斋一书传古今。

赞文爱华

你是雄鹰的后裔，
呼啸着飞向天际。
站在山巅眺远方，
摇臂十万八千里。
你躲过雷鸣电闪，
你经历暴风骤雨。
用真诚抒写人生，
用智慧创造奇迹。

画神李建华

深居简出长沙城，
不知身处在凡尘。
满头银发如白云，
一身衣服像彩虹。
下笔好像有神助，
泼墨犹如游灵魂。
宣纸铺开七八尺，
大好山河现精神。

爬山的男人

劈荆棘涉恶水，
攀陡壁跳壕堑。
划破娇柔肌肤，
磨出脚底老茧。
半山腰人已倦，
往上攀更艰险。
望峰兴叹不已，
徘徊在进退间。
看苍鹰翔蓝天，
豪气顿生胆边。
男人不能不行，
再难也得向前。

好心人

1983 年 2 月我从西藏拉萨乘货车回湖南，到达格尔木盆地时，司机开车走了。我身上的钱也用光了，在街市卖携带的东西时，遇见了老乡，她是湖南常德人，叫钱幺秀，是她在我最困难时帮助了我。

高原寒风逼，归心脚步急。
中途无分文，家乡在哪里？
坐着等待毙，不如卖东西。
路费要得急，只好价放低。
遇见一妇人，未言泪先涕。
妇人关切问：你家在哪里？
我就如实答：湖南是故里。
妇人笑着说：我们是乡亲。
见我无路费，解囊来周济。
盆地遇好人，终生难忘记。
祈求上帝您，保佑幺秀姨。

冰雪高原的个体户

这里海拔六千四，
山狐野兔冻得死。
小小毛草黄又瘦，
骏马到此亦悲嘶。
独有无畏青年人，
魔鬼头上办小吃。
弟从河里采冰块，
姐给路人下面丝。
温暖多少饥寒者，
方便多少苦司机。
有谁知道他们名，
有谁知道他们字。
我想他们的事迹，
应同英雄在一起。

赠抚州市黄牡香常务副市长

井冈山上观黄菊，
洛阳城里赏牡丹。
金巢凤引飘香酒，
抚河两岸齐赞扬。

赠株洲市委赵湘珍副书记

民国建宁出秋瑾，
今日株洲赵湘珍。
巾帼豪杰心系民，
滋润大地情义深。

赞龚性强

生性外柔内刚强，
敢把重任来担当。
任凭风云多变幻，
运筹帷幄心不慌。
搏击商海三十年，
株百变大又变强。
奉公成就大事业，
仍是普通百姓样。

孙建平颂

时光钟表生意红，
老少无欺人情浓。
笑脸迎送天下客，
慷慨解囊济世穷。
人品商品数第一，
天南地北路路通。
钟表做出大世界，
宛如商海一蛟龙。

口碑

古有沈括造活字，
今有仇和创神奇。
沭阳为官几春秋，
高举改革发展旗。
为县富强绘宏图，
造福一方出政绩。
仇和荣升为滇官，
百姓口里仍念及。

吾辈

虽非麒麟虽非凤，
乃是山野一卧龙。
诸葛能算三国事，
吾辈掐准中国红。
太平洋上扬国威，
四海之内旋东风。
反腐倡廉国昌盛，
红日东升五洲同。

李途纯

淡出了人们视线
淡出了商界风云
曾经，那么多传奇的曾经
再也见不到他驰骋商场的身影

这是一个造就英雄的年代
这是一个造就精英的环境
他是一个布衣
没有一点背景
凭的是一股豪气
凭的是一股热情
在那想死不能死的一瞬间
他破壳变成了一只雄鹰
在那想成而无望的一刹那
他领悟了一个巨人的声音
太子奶，横空出世
李途纯，世人震惊
中央电视台夺标王
天南地北力搏输赢
太子奶一举天下闻
李途纯应声地上吟

再多的传奇，也是曾经
那个年代的曾经数也数不清
他们都是刚刚改革开放的人物
历史不会忘记他们的英名

两家小吃店

荷塘去不远，两家小吃店。
只隔十几步，开门就相见。
东头荷花园，西头妈妈店。
都是个体户，都是卖早点。
日出店门开，主人满笑脸。
窗明桌干净，两家都勤俭。
顾客纷沓至，主人笑逢迎。
品种真不少，吃啥自挑选。
过了数十日，情况有所变。
荷花园客少，妈妈店客添。
借问是何故？请君走一遍。
荷花园小气，分量少了点。
顾客有杆秤，真假能分辨。
主人心怎样，质量是关键。
如今个体多，良心放里面。
多为顾客想，才能赚到钱。

瞬间——写于汶川大地震一周年

瞬间
天崩地裂
山河碎
生命的脆弱和顽强
同时出现
瞬间
人类伟大和渺小
摆在面前
上帝拷问众灵魂
中国人交了圆满的答卷

风雪夜归人

羊肠小道望不到头，
鹅毛大雪淹没脚印。
茅屋房檐一大一小，
翘首遥望南边雪岭。
风雪送走朝阳晚霞，
寂寞山村不见人影。
袅袅炊烟爬上月亮，
简陋农舍叫人怜悯。
声声敲门唤醒睡梦，
开门迎来吉祥喜庆。
风雪夜归父母双亲，
留守儿童春天来临。

浪漫的世界

爬满了小丘，
漫过了山岗。
菊曼舞蝶飞扬，
大地淡出了仲秋的忧伤。

菊花的海洋，
蝶舞的天堂。
蝶恋花花恋蝶，
世界充满了爱情的力量。

Sanwenpian

散/文/篇

凤凰城寻梦

一方山水养一方人，开始我对这些还是一知半解，到了凤凰城我见到熊希龄的故居、沈从文的故居、黄永玉的故居，见到凤凰城的山水，我才体会到它的真正内涵。我是怀揣着《边城》去凤凰城的，我要去寻找沈从文笔下恬静、优美的山水，淳朴、热情的民俗，清纯、漂亮的美眉。

我在凤凰城最靠近沱江的吊脚楼小旅馆租了一间房子住了下来。白天，我走街串巷、游山玩水；晚上，我就静下心来读《边城》，一边读一边对照书中的内容寻找凤凰城当年沈从文笔下的痕迹。

一天晚上，我读着读着《边城》，自己好像也置身在小说情景之中，我依稀看到了翠翠，一个活脱脱、爽朗的凤凰城姑娘，她就像沈从文书中描绘的那女孩——翠翠走到我的面前。

——翠翠在风日里长养，把皮肤变得黑黑的，触目为青山绿水，一对眸子清明如水晶，自然既长养她且教育她。为人天真活泼，处处俨然如一只小兽物。人又那么乖，和山头黄麂一样，从不想残忍事情，从不发愁，从不动气。

突然，一阵敲门声，我一惊就醒了。我睁开惺忪的眼睛："谁呀？"门外女孩子声音："我，翠翠。"翠翠？我是不是还在梦中？或许，我是不是穿越到沈从文笔下翠翠生活的那个年代？

门外姑娘再次发声把我彻底搞醒了。"我是服务员翠翠呀"。

哦。这时我才发现天已经亮了，我没有穿越，我还活在现实中。我慢腾腾打开门，头也没有抬问道："有事吗？"

"先生，我给你送开水来了。怎么，没有打搅你吧？"

我说："没有。"

"到凤凰城旅游白天很辛苦，晚上要好好休息。休息不好第二天就玩不好啰。"姑娘一边进屋一边换开水瓶。

我心想，这个姑娘还蛮关心、体贴人的。我抬头一看，这一看不要紧，却把我惊呆了。她不就是我梦中的沈从文笔下的翠翠的模样吗？黑黑的肤色，水晶一般的眼睛。

我问道："你也叫翠翠？"

姑娘被我这唐突的问弄得懵了。

"你说什么？我也叫翠翠。"

我自己都感到好笑，怎么这样问呢？

姑娘说："我叫田翠，从小到大别人都叫我翠翠呀。"

我马上说："翠翠，认识你很高兴。"

姑娘笑了，笑得很甜。

她说："我看到你白天在外面逛，晚上就没有出门。"

我说："我晚上在房间看书。"

姑娘说："你这个人挺怪，别人晚上都出去欣赏凤凰城的夜景，你却在房间看书，什么书这样吸引你？"

我说："《边城》"。

姑娘说："好书。我也一直想看，可是家里穷，一直没有……"

我说："我已经看完了，我送给你。"

姑娘有点犹豫和害羞："多不好意思。"

我说："什么不好意思，书是给人看的。拿去吧。"我把书递到她手中。

姑娘说："哎呀，好吧，我收下，那我下班就义务当你的导游，带你从不同角度看凤凰城好吗？"

我说："太好了，我求之不得。"就这样我认识了翠翠。

在我离开凤凰城的前一个晚上，翠翠一直陪着我。我们在白塔下挨着坐着，她给我讲了她孩提时的故事，讲了他们一家人的故事，她说她从来没有出过远门，凤凰城是她从湘西山区走出来的第一城，她很想到北京去。我答应她明年八月十五会回到凤凰城陪她一起看月亮，再带她去北京看天安门。她高兴极了。

第二天，她特地同老板请了一天假来送行，一路上她千叮咛万嘱咐，要我一定回来看她。

可是我回来之后，由于工作关系一直没有兑现我的承诺。当我再次来到凤凰城的时候，听说翠翠被她妈妈叫回去嫁人了。临走时，除了换洗衣物，还带走了我送给她的那本沈从文的《边城》。

从天上飞来

正是大雪铺天盖地的时节，我乘车从拉萨出发，经当雄、唐古拉山、五老山，抵达格尔木盆地。真是一路险奇、一路惊叹！

汽车驶出拉萨，进入一望无际的冰天雪地。地上没有路，我问司机："没路怎么开?"司机笑了笑说："我们藏族司机的路，不是在眼前，而是在心里。"穿着军大衣坐在驾驶室里，我还感到冷冰冰。而车外的藏族人，他们戴着墨镜，从容地在雪地上行走，有的女的怀里还揣着小孩。他们在这缺氧、高寒的冰雪高原行走，像我们在大街上漫步一样，若无其事。远处一个个用帆布搭成的帐篷像雪原上的花。我赞叹藏族人民的顽强精神，他们是高原的儿女，风雪的精英。

汽车在当雄停了一夜。第二天，我们用三架喷灯给凝固了的油箱加热，半小时才熔化汽油。汽车启动了，我们开始向唐古拉山艰难地行进。快过山口了，狂风刮来，像老虎在呼啸、狮子在怒吼，叫人心寒。司机说："这回看我们的运气了，若闯不过虎口，我们就会成为冰雕。"我心里十分紧张。

忽然，一只雪狐从汽车前窜过，爬在雪山坡上，有趣地回头看着我们的汽车。我心中腾起了希望之星火。哦，在这千万年积雪的唐古拉山上，居然会看到活泼可爱的生灵。我不会被雪山老虎吃掉。司机信心倍增，开足马力，向山口冲去……

汽车爬出唐古拉山口，将死神抛在身后，我紧张的心才松弛下来。

汽车向五老山行进时，一路上，司机不断地向迎面驶来的军车打听："请问前面是否封山?"一听没有，又加快行驶速度，司机告诉我说："如果大雪把山封住了，可不得了，有一次部队一个营的人被冰雪封在山里，又饿又冻全部丧生。"

我们很幸运，刚过险区，后面就传来封山的消息。我为后面的汽车担忧，司机却毫不在乎地说："藏族司机就像唐古拉山的雪狐，没问题。"

刚进入盐湖，我迷迷糊糊，司机有意问我："这是什么路?"我看了前面的路，黑黑的，说："柏油路。"司机讥笑说："大傻瓜，这是闻名全世界的唯一的高原盐湖公路。”我很惊奇，睁大眼睛，向车窗外观望，这时我才注意到那白白的不是雪，而是盐，有几个高鼻子、蓝眼睛的外国专家正在盐湖考察。

经过十多天的折腾，我们终于从几千米的高原降到了格尔木大盆地。这时，我们才看到一棵树，尽管它浑身精光，枝杆分明，在寒风中颤抖，但我觉得它比内地春天里的绿树更有生机，更加可爱。

我们拖着疲惫不堪的身子，来到雪莲旅社住宿。服务员问：“你们从哪里来的?”我们诙谐地回答：“从天上飞来!”

情系神女峰

游三峡已有多年，三峡许多景点的名称和景色也模糊不清了，唯独神女峰却牢牢地印在我的脑海里。

神女峰位于巫山，在日夜咆哮奔腾的长江边，游轮逆水而上，神女峰像一位站在万绿丛中的美女，迎接远道而来的嘉宾；游轮经过神女峰身边时，神女峰像一位恬静、高雅、庄重的神女，那脸型、眼睛、鼻子、秀发，看上去是位典型的中国美女。在导游小姐滔滔不绝地向游人讲述神女峰的传说时，我没有去听，因为我怕听到像七仙女下凡之类的传说，冲淡我对神女峰的一往情深。游轮继续往前驶，我却往后望，好像热恋中的情人惜别一样，恋恋不舍。

我爱神女峰，是因为神女峰确实值得去爱，确实有许多值得投入自己感情的理由。你看那气势磅礴的长江，神女峰就站在陡峭的山峰上，四周是鬼哭狼嚎的森林，给人幽暗、恐怖的感觉。想想曾被中国人顶礼膜拜的八大金刚，也只在庵院显威风，而神女却不恋如诗如画的天堂，只身来到这人迹罕至的恶水荒山，并以自己的身躯为人间添佳景，好不神圣！

有人说美国的自由女神塑像如何如何，也有人对希腊美神赞不绝口，但你有没有想一想那都是人工雕刻的，而我们中国的神女是大自然赐予的杰作，她从大自然中来，大自然又给她衬托，使她变得无比的高大和完美。

自那次从三峡回来后，我一直很想再次目睹她的尊容，可由于工作忙，一晃几年就过去了，尽管没能再见她一面，但是，她那非凡的气质，却像汹涌澎湃的长江水一样，推动我走过许多坎坷之路。

迷人的桃源洞

桃源洞之洞，酃县（现在的炎陵县）人是针对其地形来说的，从天空俯视，四面的山高大挺拔如一个敞口瓶子；从外往山内走，开始犹如一个葫芦嘴，一进桃源洞便豁然开朗，里面又是另一番天地。

我眼里的桃源洞是一朵含苞待放的花蕾，也像一位欲出阁的闺秀，它日后定会与庐山、黄山齐名。酃县桃源洞之美是一种纯真的美，这里茂密青翠的树林，如同一部巨形空调机，调节着桃源洞的气候，刚从城里到这里的人如果深深地吸上一口气，你会像在夏日里喝了一杯冰水一样舒畅。桃源洞里的水含有多种矿物质，食欲不佳的人喝了这里的水，就是白饭也能吃上几大碗。

桃源洞处处都令人流连忘返，但最使人激动的还是桃源洞的瀑布，瀑布离桃源宾馆一华里左右，沿着傍山的小路，绕过山脚，一股白泉便从峡谷中豁然奔出，我呼叫着伸出双手，似乎要将它拥入自己的怀抱。然而，它那磅礴的气势，那雄壮的声响，却把我的心牢牢地攫住了，我不由自主地向它贴了过去。

我如痴如狂地迷恋上了桃源瀑布，脉脉含情地望着，一条巨大的瀑布在我眼前分解为无数颗水珠，阳光下，像一片片桃花的花瓣飞舞，水沫与太阳形成七色彩虹，带着温情纷纷扬扬飘来，一任它吻我的头发、脸庞和身子，这人与自然的纯情，只有此时此刻才能真正地感到是那么的尽善尽美。我飘飘然了。

这时，一位鹤发童颜的老人从山中朝我们走来，我拉住老人，向他打听桃源洞的传说，打听这瀑布的传说，老人捋了捋胡须，笑着说：神农炎帝途经酃县时，在瀑布涌出的山上，看到一大片桃花林，在林中又见一栋茅屋，走到屋前，一股酒香扑鼻而来，忽见一位长者约百岁开外，笑脸相迎，长者见炎帝气宇不凡，忙令其小女将存放了百年的桃花酒捧出，炎帝一饮而尽，问其酒的制作，长者笑道：“就是用这里的桃花加瀑布冲击的水沫酿成的。”炎帝爱上了这里的美景，美酒，又娶了老翁的小女作妻，一直到寿终正寝。

老人的故事，自然不可能信，但炎帝为什么偏偏安息在这僻远的地方呢？

桃源洞真是一个耐人寻味，迷人可爱的“洞”。

西山石道拾偶

在昆明给我印象最深的不是“春城无处不飞花”，也不是碧波浩渺的滇池，而是西山上那花了72年时间，不知多少无名石匠为游人一锤一凿凿成的龙门石道和达天阁、魁星阁石屋。

昆明史册上这样写道：“龙门石道和达天阁、魁星阁石屋一组工程是从清乾隆四十六年（1781）到咸丰三年（1853）历时72个春秋开凿出来的。”

离三清阁不远就是龙门石道，石道2米多高，可容3人并排行走，路面随山绕道稍有点上坡，在石道的左边和脚底下，有的地方很薄，有的地方已露出了底，只要稍用点劲，一锤下去就会是一个窟窿。但西山石道很安全，它的石质像铁板一样坚硬，每隔一段，石匠们有意凿开一处，让阳光和新鲜空气进入。大约一刻钟，我们走出龙门石道，站在龙门魁星阁俯瞰滇池时，心仍留在那么深长深长的石道里，我在想象清代没有电，没有风钻，没有精密的测量仪器，也没有用炸药，那些能工巧匠却凭着一双粗壮的手、简单的工具和自己的智慧，极精确地从三清阁凿出了石道直达龙门，可想而知其难度是不可思议的。

我不知道其他游人游览西山的心绪，是登高临远，壮怀激烈；还是放眼滇池，百感交织；或许也同我一样，坠落在幽深的石道里呢？

我站在龙门的观望台上，却无心欣赏水天一色的滇池美景，我似乎走向游客，又似乎走向自己。你知道吗，当你一心想尽快登上龙门观景时，当你站在高高的魁星阁上雅兴大发，写诗绘画，当你怀才不遇，把酒临虚，从万千气象领略人生真谛时，你是否想到那些曾为游人献出了一生的石匠？“人到七十古来稀”，倘若有那么一个石匠从娘肚子里出来就拿锤子凿石道、石屋、石雕，72年后，也是白发苍苍的老人了。由这些石匠的一生，我与同行谈及了自己，也谈到了当下人，有的有了一个满意的工作，还想找一个舒适的住房；有了舒适的住房，又想要丰厚的待遇。为自己考虑的多，为别人考虑的少。那些石匠风餐露宿，辛辛苦苦敲打了一辈子，他们想了些什么，又能得到些什么？他们心里只有一个愿望，将石道尽快打通，早点与魁星阁见面，然而这一打就是72年，这72年间，有多少石匠为了别人的开心，而付出了宝贵的青春和生命啊！

从清乾隆到今天，已有200多年了，石匠们的勇敢、勤劳、智慧和无私无畏的精神，难道不值得今天的人继承、发扬和光大吗？

一座被人误会的矿山

举世闻名的锡矿山离冷水江市只有几公里远。这天，省志办举行的第一届学术研讨会刚结束，我们便去欣赏它的风采。汽车在“之”字形的公路上缓行，映入眼帘的是矿区特有的建筑物，钻井塔、双管阁、熔炉……如星罗棋布。我好奇地看着、琢磨着，学术界与矿区、学者与矿区，他们之间有什么联系呢？

喇叭声打断了我的思路，车在一栋华美别致的大厦前停下。

矿党委书记接待了我们，他的一席话揭开了我心里一个又一个谜。为什么锡矿山产的不是锡而是锑？为什么叫做锡矿山不叫锑矿山？他说：“相传明末，周杨帆派刘、李两人去冷水江的矿山验矿，他们带着伞、骑着马来到这里。当时矿区人不认识马，就把它叫做驴牛。而刘、李却把似锡非锡的锑误认为锡。这只是有趣的传说，据历史记载：锑矿发现于 1897 年，开始裸露在表面。当时，由于科技不发达，就凭肉眼判断，把似锡非锡的锑当做锡了。锡矿山的锑矿藏之丰富、品位之高是世界上公认的。1913 年至 1915 年，锑矿价格大涨，英、美、法、日等 8 个帝国主义国家，争相插手，矿区一时出现了 130 家公司，矿山被挖掘得百孔千疮。此后，渐由地表层开采进入地底层挖掘。”我听后笑了笑，笑一错定终身的矿山，居然将错就错，一错到底，实在是耐人寻味。

我们乘车来到北部的大矿区。它坐落在海拔 825 米的大山上。我走到一口 100 多米深的矿井边，由上往下看，黑咕隆咚的，叫人不寒而栗。这时，正好遇上乘电梯上来吃中餐的矿工。他们头戴安全帽，手提矿灯，脚上穿着套鞋，浑身湿润润的。我心里默默地体会着在 100 多米井下劳动的滋味——昏暗的矿井里，火药味弥漫，机械声震耳，满面尘垢的矿工一年要为国家采掘出 12000 吨锑矿石。矿工们走了，他们的模样却牢牢印在我的心中：淳朴、憨厚、勤劳。他们为祖国奉献的何止是锑，而是整个生命。

不知哪一位老学者叫了一声：“看这座雕塑。”我猛抬头：雕塑描绘的是矿工的妻子抱着儿子等丈夫平安回家，儿子看见父亲时挣脱母亲的双手向下班归来的父亲奔去，父亲伸出双手喜悦地拥抱儿子。

雕塑就在矿井附近，我看后，洒下了一串莹莹的泪水……

夜伴西湖

也许见西子湖的心情过于迫切，一下火车我就不顾旅途的辛劳和疲惫，把行李往宾馆一扔，拔腿就往西子湖疾行而去。当我赶到湖滨时，天色已经黄昏，近处的水变成黛绿色，远处的景点已朦朦胧胧，桥只能看到一条模糊的弧线，山只能望见弯弯曲曲的轮廓。我懊恼地坐在湖滨的凉椅上，闭着眼睛，一任秋风洗礼。

一道亮光撑开了我的眼帘。霎时，西子湖两岸被五颜六色的彩灯装扮得像仙境一般，湖水、湖中岛屿、亭阁、断桥、山峦和天上的月儿，多层次、多色彩、立体般地出现在我眼前。我惊喜万分，像孩童似地跳跃着向湖的边缘跑去，恨不能扑向西子湖的怀中。

苏轼在他的诗句中不是“欲把西湖比西子，浓妆淡抹总相宜”么，我想他没见过现代人用电光装饰的西子湖，若他在天之灵能见到这番壮丽的夜景，定会重返人间挥动它的生花之笔，写出比他生活的那个世纪更美妙的诗篇。

在西子湖畔有很多中外游人，他们有的观景、有的照相，有的在摊位上选购杭州出产的工艺品。我依倚在西子湖畔，坐在离湖水最近的栏栅的铁链中间，宁静的西子湖水面上游轮灯火点点，多彩的灯光和银色的月光辉映，随着波浪起伏像一朵朵绚丽的鲜花向游人飘来；湖水轻轻地拍打着堤岸，发出柔美的声响，好像一位多情的少女在倾吐衷肠。这时的我，仿佛不是置身在西子湖畔，而是依偎在一位天姿国色的美女身旁，是那么使人动心，使人柔肠百断，广袤天宇的万物都为之倾倒。我陶醉了……依稀看到西施从湖中冉冉升起，踏着波浪轻盈地朝我走来，身后的波纹化作花的海洋，我屏住呼吸迎上去，一只脚落到水里，把我从幻觉中拖了回来。

人世间多少美女佳人，多少风流才子都如云烟飘逝，然而，西子湖却永远年轻、美丽。听同行说在离西子湖不远的地方，有南宋王朝的遗址，现在只剩下残垣断壁，而西子湖历经沧桑、战乱，谁也不敢再对她撒野。

漓江意迷迷

历代文人骚客钟情的桂林山水，留下了许多佳作名篇。“江作青罗带，山如碧玉簪。”我背诵着，心绕青山转，意随碧水流。

乘游艇逆水而上，大象山、龙门古榕、青蛙跳水、九马画山、七女下凡……两岸和水中绚丽的山水迎面扑来，使我目不暇接。况且，漓江的山水又与庐山的云雾、泰山的日出、苏州的园林等名胜不同，它不仅美，而且变化多端，耐人寻味。离开象山，去望独秀峰，像一只过江的大骆驼；快接近时看像个大蟠桃；有的景点，随着游艇的行进，方位的移动，一会儿像只骆驼背宝塔过江，一会儿像倒卧的花瓶……

当游艇驶至九马画山时，导游小姐给我们讲了这么一个有趣的传说：有一次，周恩来与陈毅同游漓江，当船驶至九马画山时，两位伟人同时辨山壁上的马，陈毅识出了八匹，周恩来识出了九匹……至于是否真有其事，这就不必深究了。据说识出三匹马可当状元，由此可见周总理、陈毅副总理的才智超凡脱俗。

我登过天下第一楼，喝过天下第一泉，洗过天下第一汤，曾有过激动，有过感叹。但是最使我刻骨铭心的还是不同于任何望夫岩的望夫的故事。

故事叙说的是一个三口之家，丈夫因不堪忍受家庭的贫困离乡背井，远走他乡谋生。路上遇到一位神仙，他在神仙的指点下步入仙境，一去不回。其妻子背着儿子，每天站在村口的山坡上盼望丈夫归来。时间一久，这对母子就变成了一座山。一个多么美好的家庭，因贫穷而分开，因神仙的美意被拆散分离，一个还未成年的孩子与其母亲变成了一尊岩山。于是我耳边回响起陈毅的一句诗“宁做桂林人，不愿做神仙”，想必他老人家也是听到这则故事发出的感叹吧。

游艇到阳朔后，上了岸我居然变得多愁善感了，每每看到背孩子的妇女就生怕……也许我是杞人忧天。但是，对“贫穷、落后不是社会主义”的说法，只有在听到这则故事，看到那尊望夫岩时，我才真正体会到这确实是一句至理名言。

想读大海

我见到海是一年前的事了。望着她那无边无际、波澜壮阔的景象，心生感动。呵！海，到底是海，气势磅礴。

面对大海，我顿时渺小了，甚至找不到自我。我愣愣地望着她，不知是在想着什么，还是在发呆。那一瞬间，一切的一切都停止了。

海是什么？回到家之后，海仍在我的脑海里澎湃。海是巨人，海是凶猛，海是波涛，海是宽广。海也是温柔，当风平浪静时，她像一位慈祥的母亲拥抱着投入到她怀里的一切。我心里不断地浮现着、不断地背诵着海，读千遍想万次，海依然是海。

有一次，我傻乎乎地用脸盆盛了满满一盆水，洒上一些盐，先是慢慢地摇，后使劲地摇，一直摇到一滴水也不剩。我笑了，这不是海，海是一只永远不会被摇干的大脸盆。

那次之后，我又突发奇想，买来水彩、纸张、毛笔，挥毫要将心里的海画出来。画了半个小时，当我把“海”挂在墙上，无论我把她的波浪画得多高，海水都不会流出来。海是一首澎湃流畅的诗。

一天，一位朋友告诉我说，你要了解海，你得去认识一位海员，他们是海的精英。我找到一位年过半百的海员，当我问起他海是什么时，他沉默了许久许久，才告诉我，海是他深深爱着的恋人。

今天，当我再次来到大海的身边，呼吸她那独特的清新气息，聆听她那有规律的呼啸时，观看那一波高过一波的浪涛，我放声大喊道：“大海，你是我永远也读不懂、读不完的壮丽诗行。”

在燕园的日子

燕园，原是清王朝的行宫，1898 年驰名中外的北京大学就在这里诞生。虽然北京大学已有一百多年历史了，但从门庭到校园，到处都保留着皇室建筑物，可以这么说，北京大学是高等学府，也是一座历史博物馆。

我是 1994 年应北京大学肖东发教授之邀去北大的，这是我第二次进京，第一次进京是在上个世纪 80 年代中叶，那时从山东济南开会后辗转到北京，走马灯似地游览了天安门、故宫、颐和园，粗略的观感是：北京是一个巨型历史博物馆，每一寸土地都有动人心弦的历史故事，每移一步都有一幅摄人心魄的历史画卷。

北京大学肖东发教授是一位博才，他能说出每一块砖、每一片瓦、每一棵树的故事。我同他是在河北召开全国年鉴研究会上认识的，会期虽然只是短短几天，但我们一见如故，谈话十分投机。我很欣赏他的学识，他也十分喜欢我的观点和为人，之后又在几次会上我们相见，更增添友谊。在上海会议的一天，他突然问我：你有没有兴趣同我们合作做点事？“北大?!”当时我愣了一下，反问道：“你看我行吗?”他笑了，反问道：“你们湖南人在北京不也很了不得吗?”他同我谈到北大百周年需要做的一些事，我谈了我的设想，他认为很有创意，并约定散会后等他的电话。

回湘后没几天，肖教授果然来电话，请我去北大商议庆祝北京大学建校一百周年编辑出版一部纪念性书籍之事，这是我第二次进京。北京大学校牌这四个字是毛泽东主席亲笔题写的，字迹苍劲有力，豪放洒脱，与皇室建筑风格的门庭浑然一体，其字气势更为磅礴，每个人走到校门时目光都会被这四个字牢牢攫住。在北大我们受到了高规格的接待，第二天肖东发教授陪同李安模副校长与我会面，我们谈得十分融洽，并达成了协议。北大信息管理系为我们提供了住宿、办公室等，肖教授又安排我们参观了办公楼、教学楼、图书馆、食堂。北京大学的食堂真多，有北方口味的，有南方口味的，清真的，还有西餐，食堂中的餐饮品种十分丰富，也相当便宜。北京大学也是一座小城市，这里有商店、书店、邮局、饭店。记得有一次，我们与另一位同事到一家餐馆，刚点三个菜，那个老板就说可以了，再点就浪费了。这使我感到颇为愕然，我进过不少馆子，那些老板恨不得你将冰箱里的菜都点尽，而北大里的饭馆却劝我们少点，真是天壤之别。每逢星期天，肖教授就带我们游北京城，每走到一个景点，他都滔滔不绝地讲述各种建筑、桥梁、树木的典故，介绍来龙去脉，这使我们对北京城有了一个比较完整的认识。

有时我也好玩似地去听听他的课，肖教授带三个研究生，他讲课虽然带了课本，却似乎只是做道具，上课时从头到尾从未翻过。而课讲得十分精彩有味。我想北大之所以闻名中外，就是因为拥有许多学识渊博、授课技艺精湛的教授吧。

正当我着手开展工作时，突然接到省里领导打来的电话，要我放弃北大的事回湘接受另一项任务，我只好忍痛割爱，踏上回湘之路。

蓝蓝的深圳天

这是我第六次到深圳，每一次踏进这块蜚声海内外的特区天地，总感到这里有吸不尽的现代化的特殊气息，仿佛置身于梦幻般的境地。

深圳的天是蓝蓝的，蓝天下如同一首首立体诗的高楼大厦，其韵味宛转悠扬。这里大厦豪华，车辆川流不息，巨商云集，黑头发，黄头发，黑眼睛，蓝眼睛，黄皮肤，白皮肤，黑皮肤，友好的交易，狡黠的讨价还价，更有那窈窕淑女的穿梭外交，给深圳这巨大的经济贸易市场抹上浓浓的神秘色彩。

深圳的姑娘是甜甜的，她们以中国女性特有的温情，在这人才济济的经济弹丸之地角逐。内地有才华的男子与美色娇艳的女子相比，女子更容易在大公司找到适合的位置，而男士却难以找到自己理想的工作，甚至扫兴而归。

深圳的消费是高高的，我们这些拿国家工资的人是不敢问津的，但也不会被拒之门外。走进每一家大厅，其装潢让人赞叹不已，里面布置豪华典雅：有香花，有流水，水里有活鲜的鱼儿，坐在厅里小憩，也是一种难得的享受。

在深圳出差，消费令人咋舌。然而真正在深圳居家却应另当别论。我到自由市场逛了逛，看到这里的粮食、蔬菜、肉食丰富极了，而且任何一种蔬菜，都洗得干干净净，收拾得整整齐齐，最贵的每市斤不会超过 1.5 元，肉食每市斤也只是 3 元多，海鲜产品更不用说了。

深圳的天是蓝蓝的，深圳人的心是宽阔的，他们吃讲营养，穿讲名牌，玩讲快乐，用讲时髦，工作讲效益。有时我憋着一股劲地想，羡人垂钓，不如归而结网。深圳改革开放的东风吹来，我深信故乡的天也会变蓝的。

张家界寻思

张家界神话般的山峰向我们扑来，一些奇峰异石的传说娓娓动听，夫妻岩、天书宝闸、金鞭溪……一步一景，一景一个故事。我们聚精会神地聆听着导游的解说，凝视着奇峰异石，判断着像与不像。许多学者不满足导游的解说，他们指点着那些无名的异石琢磨它们的形状，想象其他事物，比较逼真地给它们取名安姓，释迦牟尼、导弹、魔王等。那些年事已高的知名学者，在奇峰异石面前，居然返老还童，喋喋不休地嚷着，心花怒放地哼着小曲，健步如飞地走着。

张家界的山石如神凿鬼斧一般，突兀、挺拔、俊秀。有的像婀娜多姿的少女，有的像伟岸、健美的大丈夫。奇峰上的异石也各具神态，似人物肖像，似动物头额，似神仙模样，各领风骚，又浑然一体。凡置身于此景的人们，几乎个个超凡脱俗。我徘徊在夫妻岩旁，久久凝视着紧紧依偎在一起、貌似一对“夫妻”的两座岩石，联想到在西方“性”开放袭击中国大地，离婚率不断上升的今天，这对恩爱了几十万年的“夫妻”，不是值得每个家庭效仿的吗?

张家界山奇石异树更怪，那些青翠、笔直的树木，傲然屹立在铜墙铁壁般的山峰缝隙和峰顶上。我们寻思，只有那么一丁点大的地方，一丁点土壤，又没有足够的水、足够的养分，并且还要遭受无情山风的吹打，骄横日光的暴晒。然而，它们却能泰然处之，生机盎然。我们赞叹它们的“粘”劲和“钻”劲，赞叹它们顽强的生命力，赞叹它们威武的风姿。

从张家界归来后，我对人生、对事业充满了信心，可能是张家界那奇山、异石、怪树给了我什么了吧。

玩味猛洞河

橡皮船冲出斗篷滩，漂到鸡笼门，闯入十三浪。十三浪的激流波涛，把橡皮船举起来又抛下去，抛下去又举起来，大幅度的起落，大波浪的回返，使我们全身每一块肌肉都颤动，大脑每一个细胞都受到刺激。“哦”，我们船上十个人齐声吆喝，宣泄心中的快感。

船老大见我们情绪这么高昂，告诉我们说：“猛洞河要漂五个多小时，前面还有更险的阎王滩、那比拐、溜岸巴、梦思峡……那才真正令人玩味呢!”我们船上的人七嘴八舌，中心只有一个，就是要玩味。

猛洞河在幽深的峡谷之中。两岸高而陡峭的山壁上，森林繁茂，溶洞密布，清澈见底的河水时而湍急，时而萦回。木船来到捏土瀑布，高高的山壁上似银丝的飞流，像门帘悬挂。船老大是一个30岁左右的汉子，野得很。他有意把船驶到瀑布下，水像一个网罩着我们，躲也躲不开，船老大乐得前仆后仰，冰冷的水好像穿过了我们的肌体，沁入我们的心扉。于是，我们与船老大聊起来。船老大是土家族人，住在王村，他告诉我们：几年前，他和乡亲们漂泊他乡，在湛江当船工。现在家乡开放了，成了黄金宝地，他同乡亲们又漂回来了。

时间在惊涛骇浪、险滩急流和两岸宜人的景色中飞逝，五个小时过去了，我们不知不觉地来到猛洞河的主航道，登上了大轮船。我站在船头的甲板上，回首漂过的地方，回头看黑黝黝的船工，猛洞河的自然漂流，船工的人生漂泊，是多么富有野趣，又是多么耐人寻味呀。

布达拉宫

布达拉宫，位于拉萨市内的布达拉山上，从山南麓奠基，直达山顶，累计 13 层，相对高度 117 米，建筑面积达 13 万平方米。

布达拉宫始建于公元 7 世纪。相传，文成公主远嫁西藏，吐蕃王松赞干布“别建宫室，以居公主”。佛教徒将其比喻为圣地普陀山，宫名又叫普陀罗，音译布达拉，原建宫室毁于雷火及兵乱，现存布达拉宫是 17 世纪达赖五世时重建的。宫殿外观气势雄伟非凡，上红下白，白色的宫殿像一团云，簇拥着一朵鲜艳夺目的红花，金瓦的宫顶，如同花心，妩媚动人，妙不可言。

踏上长长的白玉石砌成的台阶，从西门进入，门前挂着一面鼓，鼓声一响，整个宫内宫外都能听到。宫内结构复杂，如同迷宫一般。白宫内陈列着泥塑、铜铸、金质佛像，各个教派的都有，神态各异，栩栩如生，酥油灯闪烁，给它们蒙上一层神秘之感。许多朝圣者将钱、金银首饰恭敬地放在佛像前，十分虔诚地叩拜。红宫，是达赖与他的亲信居住的地方，起居室在顶层，豪华、威严。

据说，这宫殿设计得十分巧妙，太阳刚出山时的第一缕阳光从房直穿而过，落山时也是如此。

日光城漫游

拉萨市又名日光城，位于西藏自治区中部，拉萨河畔，海拔3650米以上，是一座历史悠久、令人神往的高原古城。这里阳光明丽、气候宜人，日温差大而年温差小。年平均温度8℃左右，冬无严寒，夏无酷暑。拉萨多夜雨，每年6—9月的雨季里，夜间降雨占总雨量的85%，其余多为晴朗的天气。

初到拉萨市的人，不知道如何逛日光城。拉萨流传这么一句话：不到八角街，你就没到过拉萨。八角街有许多古老的建筑物，东面有大昭寺，南面有清真寺，是西藏最古老最繁华的文化中心和集贸市场，街上大店小铺鳞次栉比，具有民族风味的小吃、工艺品、服装店比比皆是；大摊小贩塞满了街道两旁，贩卖的商品有藏刀、皮靴子、礼服等，我在民族工艺店买了两条银项链，价格便宜，加工精细，坠子上花纹清晰，富有民族特点。

逛完八角街后，我来到大昭寺，大昭寺门前有很多信徒，他们三步一跪、五步一长拜。

大昭寺，藏名“祖拉康”，意思是“大昭寺的集会厅”，又称角康，意思是释迦牟尼殿。过去每年正月在这里举行“摩兰大法会”，汉译传昭大会，它是拉萨最古老的建筑之一，以建筑精美、壁画生动闻名，也因释迦牟尼佛像在此，吸引了远近教徒前来朝拜。

为了看个究竟，我一个人麻着胆子走了进去，里面挂满了红、黄大布，一尊巨大的释迦牟尼佛像放在正中。相传，这尊佛像是公元7世纪唐文成公主嫁到拉萨时，从长安带来的。佛像前，酥油灯四季不灭，烧香朝拜的人终年不绝。我的四周都是喇嘛、信徒，我不敢贸然深入，待了一会儿，返身出门。

藏族同胞逛拉萨城有白天和夜晚之分，白天只是购物或到大昭寺祈祷。夜晚的八角街，却是另一番情景，藏族男女在月光下调情、追逐，如果手势和暗语正合女方的心意，就可以跟在她的后面，走进她温暖如春的闺房……

江南第一高桥——红星桥

红星桥在一般的地图上没有标志，只有军事地图和株洲名胜录上才有记载。作为株洲的“史官”，我们很想目睹它的尊容。这次机会终于来了，市长同意在《株洲年鉴》的株洲风光栏目里用彩照展现它的雄姿。

临行前，我们翻阅了有关红星桥的资料。红星桥始建于1966年，是一座横跨山谷的公路大桥，全长155.8米，单孔跨度137.36米，桥面净宽8.2米，高67米。它是江南第一高桥，也是亚洲少见的双曲拱形钢筋混凝土大桥。它是连接资兴、郴县、桂东等地的咽喉要道，有着十分重要的战略地位。

一到炎陵县，我们便把来意对同仁说了，他欣然同我们驱车前往。

红星桥坐落在炎陵县城南49公里处的牛冈排，这里群山耸峙，层峦叠嶂。我们选择的是春姑娘将大地描绘到尽善尽美的时节，这时的牛冈排，披红戴绿，好风流、好俏丽。牛冈排像一幅活泼鲜艳的水彩画，一轮晓月似的大桥背负着一座摩天大山，山上有一条细小的瀑布，像一根银针一样别在山间。白云起伏处隐约可见农舍。倘若没有红星桥，这幅水彩画就整个失去了灵魂。从上面看，大桥如同一条巨龙，首尾衔接着两座挺拔的大山；从下往上仰视，大桥似一只凌空飞翔的山鹰，那姿态是何等的雄健，何等的壮美，炎陵县山区的巨变，不就是这“巨龙”、“山鹰”带来的吉祥么?

我们知道红星桥是因毛泽东在第一次国内革命战争时期带领红军多次转战于此，以示纪念而命名的。但是，守桥的保安人员同我们讲了另一个故事，再次增加了红星桥新的内涵。

建桥的那年正逢“文化大革命”，建桥的总工程师被当做反动的技术权威挨整。白天他同工人们一起施工，晚上站在台上挨斗。他忍辱负重，没有消沉，没有气馁，只恳求道：“你们斗我没关系，施工你们要听我的，桥是千年大计，在科学上来不得半点虚假。”

我伫立在大桥上，沉思了很久很久，中国的知识分子不就像这桥么，他们要承受巨大的压力，但是，他们坚韧不拔，将自己的知识无私地献给祖国和人民。

芋园，传奇的园

相传，有一位秀才穷到沿街乞讨的地步。一天，他饥肠辘辘地走到一户人家门前，主家正在煮芋头，见他可怜，就盛了一碗香喷喷的芋头给他吃。后来，秀才出人头地了，做了大官，仍未忘在他困难时，给了他帮助的人。他找到主家，酬谢后，欣然为主家的小园题写了“芋园”的牌匾，字体娟秀、苍劲、洋溢着一股灵气。1899 年 11 月 18 日，中国共产党的优秀党员，无产阶级革命家李立三同志，就诞生在这“芋园”里。

一晃 90 年过去了。在这位伟人诞辰前夕，我们怀着十分崇敬的心情，迈进了“芋园”的大门。在这耐人寻味的“芋园”里，我们伏在草地上，伫立在樟树前，躬身在凤尾树（铁树）旁，缅怀着他的业绩。

“芋园”小巧、恬静、雅致，既富有诗情画意，更充满了革命者的传奇色彩。

在古老的樟树上，记述着一个动人的故事。

1922 年，李立三同志领导安源煤矿工人罢工期间，反动当局悬赏 600 块银元阴谋刺杀立三同志。有一天，李立三同志在老关车站被一奸细发现，电话密告当局，企图把立三同志劫往长沙。李立三识破他们的阴谋，辗转回家，安源工人得知此事后，数百人赶来“芋园”。于是，李立三同志在园内站在高桌上发表演讲，并高呼“劳工万岁”口号。工人举起洋镐响应，顿时像一片竹笋直指苍天……

“芋园”里的草木葱茏繁茂。樟树、凤尾树、芭蕉树……四季常青，郁郁苍苍。尤其是那凤尾树，极通人性。在立三诞生的那一天，花儿昂首怒放。李家见之十分惊喜，给李立三取了个乳名叫“凤生”。

“凤生”，给灾难深重的中国人民送来了吉祥和光明。李立三早年投身中国人民解放事业，他与其他革命领袖一道传播马列主义，领导中国革命斗争。在探索中国革命道路过程中，他虽然走过了一段曲折的路，但他能认识改正自己的错误，至死不渝地追求共产主义事业。这正是他伟大而又极为值得人们敬仰之处。

临离开“芋园”时，接待员告诉我们说：“在李立三九十岁诞辰前夕，‘芋园’里那棵凤尾树又开花了！”我们闻之赞叹不已。

谒红拂墓

醴陵西山，一称静兴山，又因李靖在此驻兵，石壁上有李靖的遗像，故又称靖兴山。山高700华尺，登高揽胜，古老的醴陵城尽收眼底。旅客游西山主要是拜谒左权雕塑和渌江书院，却很少人去理会被葛藤野草掩盖着的“红拂墓”。

红拂墓是一座距今有千余年历史的古墓。墓上立着一个方锥形的墓碑，碑顶是一顶唐代女官的石帽。正面“红拂墓”三字红色，字体娟秀。两侧刻着“红拂有知应知我，青山何幸此埋香”。

红拂姓张，字行一，芳年18岁。因聪明、美丽，被选为隋炀帝的权相越国公杨素的侍女。她手捧红色拂尘小帚立在杨素一侧，因而叫红拂女。

相传唐朝名将李靖曾到杨素门下，因见隋炀帝荒淫无道，劝杨素另图大谋。立在杨素身边的红拂女见李靖雄才大略、气度非凡，动了恻隐之心。

夜晚，李靖伏案读书，忽见一美少年姗姗而入，李靖问之是谁？美少年脱去官帽，方知是杨素身边的红拂侍女。红拂同李靖列举了隋炀帝与小人杨素狼狈为奸的大量事实，劝李靖离开杨素，另谋出路，李靖见她言真意切，连夜与红拂女一起投奔了唐王。

红拂女随李靖北战南征，屡建功勋。至醴陵病卒，葬于西山。

这是一段美女与英雄的故事，感人至深。我想：李靖倘若没遇到这位红拂女，也只会是杨素门下的庸人或帮凶。

在红拂墓前，我愤愤不平。李靖没死在醴陵却有人为他立寺塑像，而红拂的忠骨长眠西山，却很少人为她谒墓。

波月洞小观

离锑都冷水江市两公里处有一个洞叫波月洞，藏在山岭下。

波月洞是1980年开发的，洞外很朴实，没有仿古建筑，没有名人碑文，倒落了个清新幽雅。洞名是由一个美丽传说中男女主人公的名字合二为一的，男的叫波儿，女的叫月香。相传波儿和月香两情依依，他们为争取婚姻自由，逃到这人迹罕至的山洞，过着与世隔绝的“桃花源”生活。其实，这洞也并不是“桃花源”，一只色鹰趁波儿上山砍柴，偷看月香在瀑布下沐浴。色鹰垂涎月香的美貌，设计企图陷害波儿，霸占月香。

这是根据钟乳石的象形编出来的传说，身临此境的我和游客信了，王首道同志也信了，他还专为波月洞亲笔题写了洞名呢！

波月洞是一个巨大的溶洞，洞中有三大奇观，一是从侧面看像中国万里长城，从正面看像一口大缸的乳石，据说比世界上同类最大的还大；二是特殊的溶岩石结构形成的“海阔天空”，在其他的溶洞里其壮观也是少见的；三是鹅毛管状的钟乳石大片大片地悬挂，其数量之多也是世界其他溶洞里罕见的。洞里还有许多优美动人的传说，妻子抱儿送夫远征、日月潭的传说，等等。我还拜访了《西游记》中一些场景的拍摄之处，现在还保留着一些布景。

从洞中出来，我又回到了现实生活中，洞里阴森、清凉，洞外燥热不已；洞中使人流连忘返，洞外人声嘈杂、脏物四处可见。我真想如波儿、月香一样，久居在这与世隔绝的人间仙境。

非凡的秦兵马俑

“世界上有七大奇迹，秦俑的发现可以说是八大奇迹了。不看金字塔，不算真正到过埃及；不看秦俑，不算真正到过中国。”这是法国前总理希拉克1978年参观秦俑时在留言簿上写的。他的话并非夸张，当我步入秦兵马俑博物馆大厅时，我的皮肤上惊出了鸡皮疙瘩，简直不可想象，眼前分明是万马攒蹄，车轮滚滚，千军竞发，步履踏踏的秦朝大军！

秦兵马俑的艺术水平是非凡的。成千上万、千姿百态、威武壮观的秦兵马俑给人的第一印象便是大、多、精、美。说它大，首先是场面大，这个艺术群雕分三个坑，布置在4万平方米的大地上，这样巨大而又围绕一个主题展现的艺术群雕，在世界上是绝无仅有的。其次是每件雕塑的个体大，它同真人真像一样高大；说它多，是数量多，共有七八千之多。世界雕塑史上还没有发现过数量如此众多的群雕，在这宏伟的场面面前，即使是不容易动感情、性格内向的人也会受到极大的震撼。当时我马上想到李白“秦王扫六合，虎视何雄哉”的诗句。他把秦王朝的强大，军队所向披靡的气势，形象地展现在人们面前。说它精，指的是它的精雕细刻，秦俑造型生动，形象逼真，风格明快，手法洗练，每一尊雕塑，全身的精华都体现在脸上，脸上又主要表现在眼睛上。说它美，是说它塑造了丰富的人物形象，展现了众多秦朝军人的内心活动和思想性格。秦兵马俑，众多的将士形象，有的巍然挺立、刚毅勇猛；有的威武愉悦、意气盎然；有的目光炯炯、锐警聪敏；有的沉静文雅、安然机警。超人的大智大勇，非凡的乐观自信，豁达开朗。秦兵马俑，是秦军兵强马壮的艺术再现。

在参观秦兵马俑的这一天，我的注意力高度集中，逐排逐个一一细看，恨不得将所看到的每一个将士的形象一一录下，带回来给我的亲朋好友，给每一个没去过西安的人，让他们都看一看这些稀世珍宝，让每一个人都拥有我们民族的自豪和骄傲！

龙渣珠帘瀑布之恋

我们按捺不住对龙渣“珠帘”瀑布的迷恋。

一到酃县（现炎陵县），我们便不顾旅途的疲劳，驱车前往。一路上，我想到井冈山的“玉漱”、庐山的“三叠泉”，龙渣的“珠帘”也会有那么美丽、那么动人么？

车行两小时，便可听到“哗哗”的流水声，酃县的同仁指道：“桥的左边就是‘珠帘’瀑布!”

从桥到瀑布只有一百多米，站在桥上看，瀑布像一位冰肌玉肤的裸女，坦然地站在拱桥对面的两座山峰之间。小桥、青山、瀑布，而最为动人的是瀑布，它的声响、色彩、姿态、气势，使我们着迷。我们不由自主地一步步向它靠近……

或许在人们旅游的计划中，大多是名山大川，名城古刹，诸如泰山、黄山之类，很少人光临这偏僻荒凉的山区。通往瀑布的路布满荆棘，我们沿溪开拓着行进，披荆、拔藤、跳涧、攀岩……那叫人惊魂动魄的瀑布一览无遗地活跃在我们眼前。

一股巨大的泉水从两座山峰间飞泻，如同一批批素装仙女从百米高处纵身跳来，有的落到下面的悬崖上，形成二叠，气势壮观。水撞到山底，发出洪钟般的轰鸣，无数颗晶莹的水珠一升一降，错落有致，与水汽一起向我们侵来。衣衫湿润了，肌肤感到一丝丝凉意。然而，我们的心与这壮美的瀑布贴在一起，融在一起，沸腾在一起，我感到自己只不过是瀑布中的一颗小水珠……

时间悄悄地逝去了，司机按喇叭催我们返回。我一步三回首，不小心踩在一块溜滑的石块上，摔倒在瀑布冲击成的溪水里。朋友取笑说：“你这么喜欢龙渣‘珠帘’瀑布，不如嫁到龙渣乡来算了。”我也逗乐道：“倘若再年轻10岁，说不准会娶一个龙渣姑娘，伴随这壮美的河山。”

淡淡的石峰公园

石峰公园的园林建筑、规划、景致在全国园林这个大千世界里，可以说是微不足道的。它没有老祖宗留下的遗产：楼宇亭阁；也没有名人留下的足迹：翰墨书画；也没有当下人用金钱仿造的琉璃瓦建筑。石峰公园淡，淡得出奇，淡得使生活在株洲几十年的人，只知道去园里溜达溜达，淡得使株洲的文人墨客，无法下笔描绘它的景致，写出它的美。

正因为这个“淡”字，使我对石峰公园产生了浓厚的兴致。石峰公园淡，它没有像张家界那样的奇峰异石，但是它的山形不一般，它像一条青龙盘踞在株洲北边。有人告诉我，这是株洲人的龙脉。我不是风水先生，不知道龙脉是什么意思。但我清楚地知道，我们株洲的确出了不少人才，我想这龙脉是不是这个意思呢？

石峰公园本来就淡，偏又种着一棵棵非常淡雅的白玉兰树，这树也长得怪，花开时没有几片树叶，光光的。那白花与整个的山脉浑然一体。玉兰花就像青龙身上的一片片鳞，在阳光照耀下一闪一闪的，是那么有趣。石峰公园本来就淡，宝塔也只用水泥、砂浆、砖块砌成，没加任何修饰。我想怎么不用点琉璃瓦和瓷片装饰一下呢？也好给这平淡的景致抹上一点胭脂。

淡淡的山、淡淡的玉兰花、淡淡的宝塔构成了一幅幽静、清雅、深邃的画面，给人一种不是一下就能捉摸得透、一下就能体会得到的美感。朋友，请你用心去品味石峰公园的淡，你才会发现它的美、它的奇、它的与众不同。现在都市生活处于五颜六色的包围之中，白天见到的是蓝色玻璃墙群、彩色的釉面墙体；晚上见到的是五彩缤纷的霓虹灯，使人眼花缭乱、意乱情迷。然而石峰公园的淡，没有刺激食欲的黄色，没有刺激大脑皮层的音响，没有刺激欲望的诱惑。在这里可以让你尽情地享受大自然赐予的绿色，尽情地享受一年四季都有的淡淡的鲜花。

最近听说“山大王”又从“雅”方面做文章，从荷兰引进郁金香花，我想这个“淡”与“雅”相配，真是相得益彰。相信不久的将来，石峰公园一定会像一颗镶嵌在株洲的明珠放射出异样的光芒。

榴花洞漂流记

汽车喘着粗气朝山上爬去，左边是悬崖陡壁，右边是万丈深渊，时而一个急转弯，时而又一个紧急会车，大家的心都提到喉咙口了。尽管紧张，有点害怕，但是与对高山峡谷榴花洞漂流的好奇相比，那点紧张和害怕又算得了什么呢?

前往榴花洞漂流时，我们对榴花洞漂流有一个粗略的了解。榴花洞位于湖南省浏阳市达浒镇丰田村，距浏阳市区 40 公里，交通十分便利。榴花洞漂流河道全长 6.5 公里，全程落差 128 米，弯道 19 个。从这些数据来看，榴花洞的漂流其惊险、刺激、过瘾是可以想象的。榴花洞漂流的附近还有象鼻山、狮子腭、红军桥、万年银杏树等许多美丽的景致。不过宣传与实际往往会有一段距离，耳听为虚，眼见为实，我们决定驱车亲自去体验体验。

汽车终于到达了漂流的始点，我们迫不及待地下车。我定睛一看，咦!每个人都穿着救生衣，拿着桨。哇，不会这么夸张吧，每个人的头上都戴着安全帽，手里还拿着一个瓢，两个人一只皮筏艇，人们争先恐后拖着皮筏艇就往河边跑，个个脸上都燃烧着激情的火花。

皮筏艇下水处是一个平湖，要想进入漂道必须两个人齐心协力划向漂流的入口。开始好多皮筏艇没有意识到这一点，在平湖中打圈圈，转来转去，我想这也许是设计者的独具匠心，好像在告诉人们，只有齐心协力，才能达到理想的彼岸。

漂流是惊险、刺激的户外活动。当我们刚调整好心态划入道口，第一漂就给我们来了一个老虎抹面，皮筏艇从两米多高处猛地向下冲去，巨大的水流把我们迅速地抛了出去，我们紧闭双眼，屏住呼吸，激流与艇碰撞的浪花将我们全身打得个透湿。这时的皮筏艇就像脱缰的野马不再受我们控制，手上的桨也就成了烧火棍，湍急的水流把皮筏艇像玩具一样抛来抛去；皮筏艇与皮筏艇碰撞，皮筏艇与巨石碰撞，皮筏艇与树木碰撞，人们的尖叫声、水响声、撞击声交织在一起，像打击乐器的演奏，又像一曲命运交响曲。

惊悚、畅快、玩味，仿佛在这一刻淋漓尽致地写在每一个人的脸上。我想：此时此刻恋人在这碰撞中一定会迸发出爱情的火花；懦弱者在碰撞中一定会碰出勇气；强者在这碰撞中一定会撞出豪情。碰撞激发了我的灵感，我随口吟诵了一首诗：沉睡千年榴花洞，峡谷漂出万人梦。左碰右碰梦醒来，睁眼又置仙境中。

皮筏艇停了下来，进入了一个洄水湾。这时，我们才静下心来欣赏四周的风景。这河道在群山的峡谷之中，两岸树木葱茏，百鸟争鸣，奇花异草争奇斗艳，山风不时送来阵阵清香。这山、这水、这景致，使每一个人都仿佛置身于一个奇妙的世界，我陶醉了。忽然一瓢沁人心肺的清水浇来，原来是几艘会合在一起的艇玩起了“泼水节”，我们也受到洗礼。我知道，他们是想把自己的快乐与我们分享，我们也将这愉悦的心情传递给他们。于是，我们用安全帽舀着水向别人泼去，水花像珍珠一样在空中飞来飞去，整个的洄水湾成了欢乐的海洋。

乐了，爽了，新的一轮刺激又开始了。我们将皮筏艇划出洄水湾，进入了又一个更大的落差，扑向我们的水花与开心的笑声混合在一起，快乐地向远方飘去，我们时而置身在国画山水之中，时而在顽石之间穿梭，时而在险峻石滩上飞舞，时而在峡谷幽静中流淌，观赏峡谷风光，聆听天籁之音，与原生态、大自然亲密接触……不知不觉两个多小时过去了。

上岸后，我们的心依然留在那漂流的河道，依然留在那峡谷两岸的青山秀水之中。榴花洞漂流，漂走了我们的杂念和烦恼，撞出了思想的火花。这次漂流使我悟出了，人生的道路就像这漂流的河道，有激流与险滩，有碰撞与摩擦，有暗礁与漩涡，只要自己身正、稳重、勇敢、机智，任何大风大浪都无所畏惧。人的一生只有不断拼搏，才会实现自己理想的目标。

福悦山庄

车停福悦楼前，伫足仰望，飞檐楼阁，恰似琼楼玉宇雄踞群山之中，又在高山峻岭之上。吾观其胜状，大有生意兴隆通四海，财源茂盛达三江之气势。

近山者诚，近水者仁。这灵山秀水一纵一横，一凸一凹，一草一木，一阁楼，一回廊，一刚一柔，一阳一阴，一伟岸，一秀毓，彰显出主人的宽宏、豁达和雄才大略。

一曲《浏阳河》名扬天下，一个备受农民尊敬的企业家横空出世。黎公，福根，这位革命熔炉中铸造的钢铁汉子，用自己的智慧和汗水创造了一个又一个奇迹，他的创业故事可歌可泣，他悲怜天下农民的故事感天动地。

丰田村，一个名不见经传的贫困小山村，在他的带领和感召下，已经成了远近闻名的富裕村。福悦山庄是黎先生为搞活当地经济，带领农民奔小康的又一善举。大家赞黎先生，他是农民兄弟的孺子牛，吃的是草，挤出来的是奶；他是吉祥鸟，把幸福和吉祥带给乡亲；他又是一匹不知疲倦的战马，生命不止，战斗不息。

住在福悦山庄，近可榴花河漂流，观麒麟瀑布飞泻；远可看象鼻山、狮子腭。静听百鸟私语，动摘野菜山果。品竹笋、蘑菇，尝土鸡、鲜鱼，在这里休养小憩就如同在天然氧吧和人间仙境，人生苦也罢、愁也罢、恨也罢、怨也罢，都被这大山荡气回肠的清新、清静、清风荡涤得一干二净。

福悦山庄是一座将幸福和快乐带给天下所有人的山庄。壮哉！善哉！美哉！

二游大京水库

大京风景区距株洲市10公里左右，我们全家去过两次。

第一次是去年夏天，我们一家三口人驱车来到大京风景区，当风景区的水库进入我们眼帘时，儿子兴奋得跳了起来，“哦”，他呼唤着飞似的向坝下跑去。我们紧随其后，生怕他有点闪失。

我们先乘快艇，将山水浏览一遍。水库的面积大约有两至三公里，傍水的山圆圆的，像一个个翠绿的宝石嵌在水库的四周。水库水质清澈，快艇急驶溅起的水沫和急风向我们扑来，凉爽、清新，沁人心脾。吃完午餐后，我们租了一只小游船在水库里荡漾。天气虽然很热，坐在游船里却很凉快。儿子玩得十分快活，游累了也不肯上岸，他用小手抓住船舷，随着游船一起漂……

第一次大京风景区给我们留下了美好的印象。今年春，我们全家又决定再度前往。春天大京风景区秀色可餐，火红的杜鹃花一簇簇，像一团团火在绿色的世界燃烧。我们租了一条船，游入了一个超凡脱俗的境界。

大京风景区是在大京水库基础上开发的。大京水库是毛泽东时代留下来的杰作，当时只是为了灌溉农田而建造的，没想到几十年后大京水库成了大京风景区，成了人们双休日休闲、度假、观光的好去处。倘若当年不修水库，这里至今还会江山依旧。同时我又想到，当年修水库的人或居住在附近的农民，他们当年盼的是五谷丰登、六畜兴旺。今天的农民不仅得到他们父辈盼的，而且得到他们父辈们意料之外的收获。真是前人栽树，后人乘凉。我们的船主是一对农民夫妇，我问他们：“你们一年驾船大约可以赚多少钱?”船主回答说：“一万元左右。”我估计这是个保守数字，又有意地问：“你们生活在水库开发前好些，还是开发后好些?”他们无可置疑地回答说：“那怎能比。”随后是一串欢快的笑声。

大京水库变成了大京风景区，面朝黄土背朝天的农民变成了船主、生意人。从风景区热热闹闹的景象，从农民满脸的喜悦，我知道了这是春的写意，是改革开放的写意。

八斗行

八斗乡位于株洲县东南面，山地面积占全乡面积的90%。该乡原是株洲县最贫困的乡，曾流传有这样的顺口溜：“冲里佬生得贱，红薯拌着辣椒咽”；“肩挑手提猪坐轿，南竹杉木港里飘。”这就是当年八斗乡的真实写照。党的十一届三中全会后，八斗乡党政领导人带领勇敢的八斗乡人民，经过十多年的艰苦奋斗，现在的八斗乡县级公路通到了各个村，家家户户都通了电，有的农民家还装上了电话，有更多的农户盖了新房。然而，农民取之不尽用之不竭的财富就是那满山满岭的南竹。

乡领导告诉我们，这些年来，乡党政一班人把精力集中放在乡村的经济建设上。他们根据山区的特点，大力开发南竹、黑山羊、西瓜等支柱产业，把农民引上了一条奔小康的致富之路。

我们走访了一普通农户，他家中有6口人，2.8公顷南竹林和少量水田，有几十棵板栗树，还有榨油房、打米机房等等，很像外国人的庄园主了。然而我们又从八斗乡的农民口中得到这么一句顺口溜：“冲里佬搞得发，苹果当做红薯呷。”是的，如今的八斗乡变了。我们站在600多米高的牛背岭上向军山眺望，连绵起伏的山脉绿得像绸缎一样，给人无限的畅快和遐想……

八斗乡的军山，相传与南岳衡山是两姊妹，她们斗法看谁长得快、长得高，相互都定好了规则白天长，晚上休息。可憨厚老实的军山严格遵守规则，而顽皮好斗的衡山等军山晚上睡着了，爬起来悄悄地长，结果3天之后，衡山比军山高出400多米。传说归传说，但军山的风景不比衡山的差，只是她养在深山无人识。如军山有硕大的棋盘石、有万丈高的瀑布等，这就够令人神往的了。

如今八斗乡正准备开发利用这块风水宝地，让更多的山外之客到这里观光、旅游，我们祝愿他们的这一理想早日实现。

王安石故里游

王安石的故居在这里吗？走到王安石展览馆前我这么想。因为岁月的流逝，现在很难寻找到王安石故居的残垣断壁。但是，王安石卓越的政治才能和横溢的文学才华却世世代代流传下来。伟大的无产阶级革命家列宁曾评价道：王安石——中国11世纪的伟大改革家。他因傲视权贵、放纵不羁的个性被家乡人称为傲相公。

王安石（1021—1086）又叫王介甫，号半山，江西抚州临川（今江西抚州市）人。北宋时著名的政治家、思想家和文学家。宋朝庆历年进士，神宗熙宁二年（1069）被任为参知政事，次年拜相。王安石担任宰相期间，为富国强兵积极推行青苗、均输、市易、免役等法，但是，由于保守派反对，屡遭阻碍，改革终归失败。王安石诗文雄健峭拔，为“唐宋八大家”之一。

王安石虽然与我们相距近千年的历史，但是有一点与我们十分贴近，王安石是古代著名的改革家。我们伟大的祖国现在进行一场轰轰烈烈的改革，当我们高举改革的大旗朝前奋进时，你是否想到曾为中华民族的繁荣和富强而进行改革的改革家？是否从商鞅、王安石他们这些古代改革家的足迹中看到什么、学到什么和体会到什么了呢?!

王安石的展览馆坐落在抚州市城区南端，是一座仿古的园林式的建筑群。庭院内外的围墙、住宅、廊房具有我国人民古代建筑的传统风格。深宅大院，白墙黑瓦，雕梁画栋，古色古香；廊房两边种满了四季常青的剑竹，院内还种了常青树。展览馆大楼前巍巍矗立着王安石的汉白玉雕像。我们参观时，天正下着鹅毛大雪，刮着刺骨的寒风。在这种背景下仰视王安石的塑像，顿觉王安石“活”了，他高峻挺拔、傲骨凛然。

王安石生平展览共分六个部分，按时间顺序，对王安石的一生作了较全面的介绍，重点突出了他的改革主张。从王安石展览馆里出来，我在雪地里站了好久，然后才依依不舍地离去。

一汪碧水片片情

我观恒大名都是一个吉祥的小区，希望的小区，快乐的小区。地处普瑞大道，整个小区四周地面平坦，建筑气势宏大。小区内绿树成荫，鸟语花香，一派祥和。恒大集团还特地为每个恒大业主量身订制了一片开阔的水域，这片水域就像天上坠落小区的碧玉，白天在阳光下照耀下水面泛起一道道金波，夜晚倒映在碧水中的灯光与月光交相辉映，闪烁着奇异的光辉。

水域是小区业主的最爱。妈妈们带着孩子们来到湖边，听小鸟唱歌，看鱼儿戏水。爷爷奶奶们相互搀扶，坐在湖边的椅子上，回顾昔日往事，谈天谈地谈儿女，那些陈芝麻烂谷子之事，他们谈得津津有味。还有那情欲奔放的善男信女，一对对坐在硕大的石头上窃窃私语……这是多么温馨的环境，这是多么祥和的小区，这是多么令人钟情的名都。

我们家是抛弃市中心华宅，选择恒大名都的。当时友人笑我们抛弃繁华，选择僻静；抛弃朋友，选择孤独；抛弃便捷，选择崎岖。笑我们傻，笑我们痴，笑我们狂。其实，我们主要看中长沙恒大名都这块风水宝地，地面平整，小区方正，同时，也看中开发商赌气旺盛，当时恒大集团在香港股票上市，证券号为333，对官场人来说是升升升，对商场人来说是米米米，对于家庭来说是生生生。说来也真是奇怪。住在恒大名都的人在政界的平步青云，在商界的财源滚滚。这些年恒大名都诞生了一拨又一拨可爱的小天使，他们个个长得白白胖胖，让人看了爱慕不已。我只要休息，哪怕是小憩片刻，就要到湖边去走一走，一是看看天真可人的小毛毛，看他们无邪的脸蛋，看他们淡定的眼神，看他们悠然的笑颜。然后，坐在一棵如大伞一样的桂花树下，闭着眼睛，闻一闻淡淡的桂花清香，听一听鱼儿划水的声响，再把刚看到的每一个孩子的脸蛋，一个一个在脑海里像放电影一样重现一遍，水域变成了天堂一隅，湖边冒出了奇花异草，天蓝蓝，水绿绿，小天使长出了翅膀飞了起来。惬意人生，幸福人生也莫过于此。

我喜欢创作，特别是在文章写不下去的时候，特别是在语言平淡的时候，特别是在“江郎才尽”的时候，绕湖走几圈，看几眼水域，树下闻儿下树叶的清香，灵感又来了，故事又来了，词汇又来了。回到书房才思敏捷，词汇喷发，构思仿佛有如神助，下笔宛如游龙。

我在恒大名都创作了诗歌、散文、电视连续剧和电影剧本，可谓是收获颇丰。我想如果我还住在五光十色、车水马龙的窑岭，还住在充满诱惑、喧哗热闹的街市，还住在流光溢彩、繁花似锦的市中心，我会有创作激情吗？我会有那么多的才思吗？我能沉下心来创作吗？我不敢去想象。或许，我会被朋友邀请去歌舞厅嗨歌，去按摩院按摩，去天心阁喝茶。恒大名都成就的人不只是我一个，她成就了许许多多有梦想，有理想，有志向的人。

人之大幸莫过于生活在一个环境优美、舒适、安全的地方，有一个温馨、优美、舒适的住房和一个安康、和睦、幸福的家庭。我喜欢长沙恒大名都，更喜欢楼宇与楼宇中心的那一汪碧水。

临川温泉

汤显祖的家乡，王安石的故里，才子之乡处处尽显神奇。千年古香古色的村庄香樟硕大，万年流淌的温泉浓情汩汩。还有那关于温泉的故事，更使沐浴者着迷。

相传一个普通人家山后长了许多竹子，妻子怀了一个天子。观音菩萨为了天下庶民的幸福，化装成跛脚叫花子，一瘸一拐地来到这对夫妻的家里。她看到孕妇正在厨房做饭，上前去讨一口水解渴。孕妇没有好的语气，不耐烦地说：缸里有水你自己不会舀吗？说完不睬不理。观音菩萨轻轻地跺了两脚，飘然离去。突然满山的竹子炸开了，孕妇生下一个普普通通的孩子。观音菩萨跺脚的地方冒出一汩汩温泉。

我到临川温泉沐浴，从地底下冒出的水雾就像蒸气一样往外直冒，像薄雾一样在树木、花草和建筑物之间飘荡、缠绕，仿佛置身于仙境一般。进入水池中爽朗从脚底瞬间窜到头顶，那身皮囊在矿物质的作用下，马上变得光滑、顺溜。

啊！太舒服了。这个时候，就是有一个美丽的姑娘赤身露体来到我的身边，我也不会心动。

祖屋

十一二岁时我才知道我们家在江西临川还有祖屋。那时，我年纪小，不懂得祖屋存在的意义，曾主张将房子卖掉，父亲极力反对，说："这是爷爷留下来的财产，做儿孙的不说为祖屋添砖加瓦，卖房子之事是绝对不行的，村上的人都会笑话，我也无颜见江东父老。"从那时起，我开始对老家的祖屋感兴趣了。

我们长大后，父母带我们回故乡去了几次，每次母亲都同我们讲了有关祖屋的故事。

母亲说："爷爷两兄弟一姊妹，你爹的生身父亲是杀猪的，伯伯是挑货郎担走南闯北的小商人，膝下无儿。你父亲很小过继给伯伯做儿子。有一次，你爷爷到福建山里做生意（就是货郎担，以物换物），在清理兑回来的钢铁时发现一尊金菩萨。两兄弟就将金菩萨换成钱，盖了一栋房子，还买了五十亩地。为了区别两家的房子，我们的祖屋的横梁和隔板上雕了漂亮的图案。家建好了，你爷爷闲不住，仍挑着货郎担走家串户。有一次，爷爷做完生意回家，途经福建大山，遇到四个土匪，他们手执钢刀，在荒无人烟的大山小径上挡住了爷爷的去路，企图谋财害命。爷爷放下货郎担，手持扁担迎敌，土匪见爷爷一个人以为好对付，先叫两个人上，而这两个不知死活的家伙舞着寒光逼人的钢刀向爷爷扑去，爷爷武功高强，一扁担打死两个，其他两个见势不妙，丢下同伙逃跑了。爷爷心地善良，因为打死了人，回到家以后心里难受，从此再也不出去做生意。为求得心灵安宁他皈依佛门，在家中摆坛念经吃斋，后来成了当地方圆十多里闻名的'斋公'。每逢节日，方圆几十里的乡亲都来朝拜他，听他念经诵道。你爷爷活到九十多岁才圆寂。"母亲还悄悄地告诉我们："你父亲年轻时游手好闲，不思进取，嗜赌如命，把家里五十亩田全都输光了。爷爷见他不争气，临死前将金银财宝埋了起来，究竟埋在哪里谁也不知道。"

祖屋是砖瓦和木质结构，为仿徽式，高大气派。房子的三面是青砖，屋内中间的梁柱又大又粗，楼板又宽又厚。进门一个大厅，左手为我们家，右手为伯伯的家。大厅正墙为祖宗牌坊，一边一个门，进入后又有一个大厅。我们家的卧房有二室，还有厨房和卫生间。祖屋虽经历了一百多年风风雨雨，仍坚如磐石。它是爷爷一百多年前用自己的汗水和智慧创下的家业，虽然是一个偶然发的横财，但是中间肯定还有不少艰辛的故事。我想：假设爷爷不走南闯北去做生意，就不会换回金菩萨；假设他有了钱去花天酒地，也就没有今天的祖屋。

2002 年，父母回老家，我出资把祖屋修缮了一下，把爷爷、奶奶和外祖父、外祖母的坟墓修葺一新。

潇湘奥林匹克运动城

坐落在岳麓大道与旺龙路交会处的潇湘奥林匹克运动城于11月23日隆重开业。潇湘奥林匹克运动城是长沙乃至全省最大的综合性体育馆，总投资5000万元，总面积10000多平方。外形线条明快，骨干苍劲，具有强烈的透视感和冲击感，身处此境阳光、快乐、力量油然而生。

走进接待大厅，看到地面砖条状拼花抛光釉面，与天花红色铝板和米白色透光亚克力板的拼接造型，就会激起每一个客人的运动欲望和热情。

一楼是乒乓球和羽毛球爱好者的天地。乒乓球馆独具匠心，三面大玻璃幕墙，地面采用世界最先进材料。运动员如同站在大自然之中，让国球与人互动。羽毛球场高度十米，横跨度近百米，楼顶采用蓝色塑钢材料，透视力极好，高大雄壮，宽敞明亮，在此运动不仅身体得到舒展，而且心旷神怡。

二楼，可以拾级而上，也可以乘坐电梯。一踏入健身区，一种强烈的运动感会在每个客人心中涌动。器械区一排排崭新的国际一流的跑步机和有氧设备，为每一个健身爱好者户外运动所不能替代的空间。这些全体系力量器械，可以针对不同性别和人群的身体进行完美的雕塑。器械区旁设有动感单车房，一辆辆设计新颖、豪华的单车如同一匹奔驰的骏马，加上炫丽的灯光和够酷的音响与骑单车的节奏，在高级教练的引领下，创造出无与伦比的运动快感，让每一个运动中的人都能释放出心中郁闷和产生前所未有的愉悦。

从器械区出来不远就是大型体操舞蹈室，这里有世界顶级印度籍瑜伽教练和国内一流拉丁舞、排舞、健身球资深教练在恭候嘉宾，他们为每一个会员量身打造科学、有效、详细的计划，并且提供一对一的健身指导和培训，让每一个会员在短时间内达到健美和塑身效果。

三楼是运动休闲的好去处。这里有时尚餐饮，3G影院，露天电影，露天烧烤，露天酒吧。

人生最大的享受莫过于健康，人生最大的财富莫过于健康，人生最大的幸福莫过于健康，健康来自运动，健康来自快乐。

潇湘奥林匹克运动城的诞生，无疑给长沙人民送来了快乐和健康的营养大餐。而潇湘奥林匹克运动城的经营理念：“快乐运动，健康生活”，也必将成为长沙街头巷尾的好口碑。

情钟湘银

小时候我们家住的房子是用篾片红泥巴粉成的，时间一长，顽皮的我就在屋后扒了个洞，门也不开就从洞里钻进去。一旦下雨下雪，大人就用雨衣挡着。那时我真羡慕别人的红砖瓦屋，上课时，撑着下巴想：假若有一天我们家拥有这样的房子那该多好。

参加工作后，单位分配了一套一室一厅一卫的住房。当钥匙拿到手，我兴奋得一夜没有合眼。每天一下班我就把家里收拾得干干净净，隔壁的邻居都笑话我："你每天拖地会把地板拖穿的。"成家后，为照顾妻子上晚班，我们搬进了工厂的宿舍区，居住环境很差，垃圾四处可见，脏水到处横流，我变得很少出门，一下班就在家爬格子。儿子出生后，做父亲的责任感油然而生，我趁一次机遇决定到外面搏一搏。我来到省会长沙，经过一番艰苦努力，终于获得了成功，就在长沙最繁华的地段买了一套高级公寓。公寓周边车来车往，大酒店大宾馆鳞次栉比，高耸入云，繁花似锦，但我总觉得还缺少了什么。

当我再次回到故里，听朋友说湘银小区如何如何，我将信将疑。一天，我带着妻子亲自驾车来到湘银，当车一驶进小区，我似乎找到了一点感觉，一点我在长沙一直想寻找、想得到的东西——生态。湘银像一个大花园，每一栋楼房的四周都种满了各色各样的树木、花卉，而且在一期与二期住宅中间建了一个十分雅致的活动场所——养心园。

我伫足在五棵樟树前，看到了一则令人感动的故事：湘银决策者为了保护生态环境，改变了原本在五棵樟树的地方建房的方案。我想，湘银的决策者能这么爱护植物，保护植物，定是一位睿智者，是一位对业主负责的优秀的经营奇才，于是我选择了湘银。

搬进湘银后，我每天都感受到人与自然的和谐，绿树香花使人心旷神怡，鸟飞雀鸣让人赏心悦目。早晨，我上班有意穿过养心园，这里有许多人晨练；晚上，我都要在小区里散散步。这里的美丽使我的心灵得到了陶冶，精神感到特别爽朗。我是一位文学工作者，这里优美的环境给了我许多灵感和创作冲动，我的作品又回到了青年时代，充满了激情与烂漫。

有时我也感到好笑，湘银仿佛成了我的“恋人”，一下班，只要进入湘银就有股亲切感，若是出差在外，只要多待一天，就会有一种莫名的眷念。

情结湘银，这情结从何而来，朋友，只要你到湘银来，一定有同样的感受。

月儿圆

那是一个不安分的日子，我从前线回到家乡，顾盼着一个美丽的人儿，跳进我的眼帘，步入我的心灵。

她出现了，在一个寒冷的十五之夜，从温馨的闺房走来，那红红的脸庞，秀颀的身段，使这晶莹的月夜显得格外妩媚。

我们踏着薄霜，心中燃烧着爱的火焰，羞羞答答地沿着月老开辟的银色的路走着。天上的月儿是那么的圆，像一面洁白的玉镜，而我的心却像上旬的“船”、下旬的“镰”，我迫切地希望我这半轮心月能与她的那半轮早点儿团圆。但是，军人的气质、初恋的羞涩如同一个顽童天真地站在中间，我们一前一后，像在追逐，又像在游戏；我谈文学，她也谈文学，我谈人生、她也谈人生……我们像一对夜莺，海阔天空，边疆内地，爱也在交流中升华。啊，那羞涩，似乎知道自己是多余的字眼，跟着月儿一起躲到云层里去了。

夜色深沉了，路面很暗。然而，我们心中爱的月儿，却紧紧地贴在一起，圆了，像一面玉镜一样……

又是一街新月

已不复看见众多的新建筑，只有大街上那灿烂的路灯还在数着我们的脚步，怕睁大的眼睛辨不出哪条街哪条路了，我的心跟着柔和的月光踱步。

我搂着她纤细的腰肢，却并不感到我比她有多大的力量。她以天使般的声音对我说："哥，我要辞去工作，到遥远的沿海城市寻找理想和宝藏。""你不能这样，那里就像凄惨的战壕，面对的是赤裸裸的金钱战场，你太弱小，经不住那雷鸣电闪般的厮杀。"我生硬的语言形成一道屏障，她却像恳求："帮帮我吧，哥"，她的声音像狂风将我的屏障摧毁，我的腿抖动得十分厉害……我们曾在一钩新月下惯常相互观望，善解人意的月老像穿针引线一样把我俩缝上，她扯着我的衣角，腼腆地呢喃："哥，你就像一把火燃烧着我，我快溶化了。"我将我的脸面凑近她的脸面，两张发烫的脸燃烧着，两颗真诚相爱的心紧贴着，脚下那寸草不长的柏油路面上，月光和灯光居然为我们剪影出一个个花环。我读懂了她美丽的眼神，那心底里的渴望已冲出了闺房里的胆怯，包含了我，也包含了一街新月色。

又是一街新月色。她要我好好看看天上的月儿，我望着，却猜不出她心里怀的什么"鬼胎"。她嗔怒地骂道："你真是一只可爱的笨鸟，家乡的月亮也是圆的，经历过远征的我，已学会了挥戈经济市场的本领，用我从异乡赚来的钱在家乡闯一番天地。"她说完话后，那辉煌的境界好像近在眼前。回想起那过去的那街新月……我这时对她充满了信赖，我一把抱起她，兴奋地旋转起来……

月上枝头

我已很多年没到乡村的田间、山丘走走了，这天晚上，我独自驾着小车来到离城五十来公里的一个村庄，将车停留在马路上，借着月色从这丘田走到那丘田，青蛙的叫声从这个耳朵进去，又从那个耳朵出来，小虫子不经意地往身上扑来又飞去，禾苗在月光下神采奕奕，这样的情趣久违了。

记得二十多年前，不谙世事的我第一次到乡里学农，我们这班学生到乡下看见什么东西都有新鲜感，农民看到我们这些城里娃也好笑。第一天插秧，秧插下去又浮了起来，农民跟在后面补，自己还乐呵呵地笑。到了日落西山时才跟着老师到农民家去吃饭，第一次吃乡里饭，讲话无遮无掩的我冒出一句：我最喜欢吃小鱼了。领队的老师恨恨地瞪了我一眼，我心里怪不是滋味，便匆匆地扒完两碗饭，早早地离开了桌，提着桶子到井边洗浴。

我心里有些不快，翻来覆去睡不着，趁同学们都睡了，独自一个人到外面散步。乡里夜间格外的静，月光格外的清纯，风儿一阵阵拂在嫩嫩的皮肤上，格外的舒服。我从田间走到小山丘，山丘上有一棵苍老的树，我抬头往上看，一轮月儿落到树的枝梢，构成了一幅美不可言的图案，我愣愣地望着，稚气地想：爬上这树是不是可以摘到月亮？我的心飞上天空。

少年时的趣事在我的脑海里再次浮现，迫使我想找回从前那种感觉。于是，我去寻找与当年相同的环境，寻回当年那难得的感受，从田间走到山丘上，又从山丘走到村落，我失望了，那树、那月亮、那感受看来是无法再寻找到了。于是，我开着车往回走。

在快到家的不远处，忽然，我看到我家门前的一棵橡树的枝梢上落着一轮明月，与少年时看到的那幅画面是多么的相似，不同的地点，不同的环境，相同的视觉，我陡然找回了二十多年前的感觉，天上的地上的和我心上的融合在一起，是多么的令人舒畅、惬怀。

爱在路上

失恋了不要垂下你高贵的头颅，分手了不要呼天号地，大男剩女不要唉声叹气。爱，其实并没有抛弃你，抛弃你的只是一具没有情感的肉体，只要你走到哪里它就会跟随到哪里。

你会说还留恋那份感情，再去爱谈何不容易。正因为这种思想作祟，使你变成了一只虾米，弓着背看到的只是脚底下那坎坎坷坷、七歪八拐的道路。你孤独、痛苦，心沉重，眼迷离，看不到有多少痴男善女在默默地为你的抑郁着急，也看不到有多少符合你的情趣的美女帅哥在不远处注视着你。

生活就是这样，你爱的他（她）不爱你，你不爱的他（她）偏偏喜欢你。我们何必为这些红尘纠结，失去了就失去了，天下两只脚的人没有什么稀奇。哭也是一天，笑也是一天，何不欢欢喜喜笑对人生的风风雨雨。

爱在路上，好好收拾自己的心情，把头抬起，把眼泪擦去，勇敢地阔步向前走，爱就会和你亲密。

爱的东东

我到珠海去考察，住在海边的别墅。站在别墅阳台上，望着白色的沙滩，蓝色的海洋，真是心旷神怡。

休息的时候，我们就到海里游泳，游累就躺在沙滩上，看着一对对在海里热吻，在沙滩上打情骂俏的情侣，比看爱情片还来得真实，来得有味一些。

到了晚上，离别墅不远的沙滩上一些情侣搭着帐篷在海边过夜，帐篷里点着一支蜡烛，站在阳台上隐隐约约可以看到他们卿卿我我，听到他们窃窃私语，令人很羡慕。

有一天深夜，突然狂风大作，海在咆哮。我被吵醒了，走到阳台上，看到潮水一波高过一波，汹涌地向海滩扑来。一对对情侣躲在别墅的屋檐下，相拥取暖。

这时，我感到了爱是什么东东。

芙蓉花又开花了

芙蓉花又开了，那一朵朵水红色的花，有绸缎一样的花瓣，叫人一见倾心。我与芙蓉花有一段情缘。

那是在我大学即将毕业的时候。一天，刚刚下课回寝室，进门就看到我的床头放了一簇芙蓉花，同寝室的同学都笑我谈恋爱了，我说不可能，因为在那个年代学生是不准谈爱的。我好生奇怪，以为谁在搞恶作剧，漫不经心地看了看，顺手往窗外一丢。

第二天，上课时，发现我的抽屉里放着一张纸条，上面写道：你太没有爱心了，怎么把那么美丽的花丢到窗外呢？字体娟秀。我突然明白了，没等下课，我就疯狂往寝室跑去，寝室的窗外，芙蓉花已经无踪无影了。

我像傻子一样站在那里，任秋风吹打，始终猜不着这个女孩到底是谁？

盼春

江南的初春，温馨的和风挟着诱人的芳香吹遍原野山岗，柔美的阳光洒满人间。我匆匆地减去冬装，像报春花似的游动在茫茫的人群之中。无奈，天公不作美，乍暖乍寒。那身着时装，潇潇洒洒的我被寒风扭曲了身子，那容光焕发的面庞被淫雨浇皱了眉头。

我喜爱春天，不愿受冬天的约束。然而，江南初春的美丽和温馨却迈着碎步，像小脚女人一样，一步三回头，缓缓地走来。我倚在门前，望着灰蒙蒙的天空，数着漫无边际的天雨，望着屋前梧桐树上的枝梢，做着一个甜美的梦……

梦中我看到春姑娘披着金灿灿的阳光从红彤彤的太阳中来了，所到之处升起一缕缕祥和的风。含苞待放的鲜花开了，愁容满面的小草直起了腰，小小溪流欢畅地唱起了山歌，一对对蝶儿在百花簇拥中嬉戏。嗨，放风筝去，把愉快的心情放到天空，把我对春天的祈祷、赞美放到天空，把对美好的追求放到天空，让世界知道，让宇宙知道，我那颗憧憬未来，向往美好的童心……

江南的初春虽然不尽如人意，但寒意终究会逝去，我们必将拥有春天的美丽。

春——我的新娘

该诅咒的冬天，没有生机、没有活力、没有色彩、没有希冀。寒冷的北风，像一把把无形的飞镖向我刺来，我瑟瑟地缩成一团，躲藏在厚厚的棉袄里，失去了诗人的风度、失去了青春的光彩。山消失了，水隐退了，我也冬眠了……

不知过了多久，永恒的山泉送来一支古老的歌谣：窈窕淑女，君子好逑。隐隐约约飘到我的耳边。我做梦了，在梦中同春姑娘恋爱……

天，怎么这么明媚，哦，天上有两个太阳，我跑上去，是春姑娘一对明亮的眼睛；

地，怎么这么年轻，哦，大地换了新装，我迎上去，是春姑娘碧绿的连衣裙……

她腾飞了，飞出冻僵了的人间。我追随着、呼唤着，充满生机、活力、色彩、希冀的春姑娘。

我苏醒了，慢慢地睁开那双被寒风封锁的眼睛，模模糊糊看见春姑娘从山的那一边、在水的那一方姗姗走来，渐渐地渐渐地清晰了，那绿色的连衣裙、那双温柔的眼睛，是的，的确是的，我梦中的情人——春姑娘。

我盼得好苦、想得好痴、追得好累，春姑娘——你终于来了，终于成了我朝夕相处、情趣相投的新娘。我的血解冻了，沸腾了，恢复了男子汉的阳刚之气，恢复了骑士的彪悍勇猛，恢复了青春的活力，恢复了诗人的灵感。我热烈地拥抱着你，从心底里呼唤：我爱你，春——我的新娘。

春的最后一天

在垂柳下踱步，纤纤细柳枝上的纤纤细叶，如同一首首优雅、宛转、飘逸的诗，谁都会吟咏，可谁也吟咏不出其中的奥秘，一条条细枝、一片片细叶都有自己丰富的含意。

我轻轻地将一条绿丝牵到自己的面前，要读这首也许我这一辈子也读不懂的长诗。然而，看着其他的绿丝在春风中翩翩起舞，忽然间，我从中发现生硬的环境创造不出美好的事物，拘束的场面吟不出动人的诗篇。我放开了这条绿丝，任其随风自由自在地摇曳。那纤纤细枝细叶，在我眼前脑后抚来抚去，像一群窈窕淑女在我身边嬉戏，这是何等自由奔放、活泼可爱。我醉了，于是乎，我也变得不那么夫子气了，像一个顽童在清新秀丽的原野上尽情地奔跑……

为了不放弃春日的最后一天，夜晚，我邀女友一起去寻找春的足迹。借着银色的月光，我们来到一片即将成熟的草地，月光下毛茸茸的小草，眼前是一片黛绿。我们从中找出最出类拔萃的一根，当我伸手去拔时，被女友拦住："不要伤害生命。"我将手猛地抽回，心里一怔，好险！差点我成了刽子手。我感激地望着女友，把这株小草四周的草拔开，俯下身子吻它一下，以表示我的歉意。女友笑了，装作吃醋的样子说："哦，这么多情。"

我从地上一跃而起，拥抱着女友，在寂静的狂野上嚷道：我明白了，春，在善良、真诚、开朗的人心中永远不会逝去。

一泓碧水一片春

孩提时，我对池塘的水有一种特殊的情感。那时，在我们生活的环境里，有许多清澈的池塘，我和小伙伴们下课后，家也不回就往池塘边跑，把衣裤、书包一扔，光着屁股就往里跳，游泳，摸蚌壳螺头，捉小鱼小虾，搞得满身泥水，可心里有说不出的高兴。回到家里，用锤子敲，刀子切，稍放点盐，那美味就惹得人流口水。

年龄长大了，城市也“长大”了。转眼间，原来的池塘处，耸立起一座座挺拔的高楼，已没有池塘的位置了。池塘去也，韶华也去也。每念及此，心里便有一种说不出的惆怅。

在我的心里，那一泓碧水是一叶碧绿，是一个春天。我听父辈说，人住在池塘边，房前就像挂了一个巨大的透明的帘子，尘埃都被挡住了，室内清洁，空气新鲜。后来又听到有学问的人说，池塘水能释放出负离子，常到池塘边走走，有利于身体健康。于是，我对池塘的情感更深更具体了，我祈盼那春天般的一泓碧水能再在我眼前呈现。

终于有了这么一天，我生活的城市中心广场喷出了彩色清泉，一连几天，我在喷泉边流连忘返，使劲地呼吸着清凉的水味，让负离子钻进我的心肺。啊，回来了，春天！回来了，我那可爱的一泓碧水……

复苏

那是我青春勃发的时候，春风邀来鲜花簇拥。风流、潇洒的我，醉卧在百花丛中。

在一个惊魂的夜晚，黑天神掩护着风雨，肆虐、残暴。一片片艳丽的花瓣散落在荒野、小溪，如同一块块鲜红的血。我一片片拾着、数着、哭诉着：不会有了，不会再有美丽、温柔和可爱。

一度空白、一度暗淡。我害怕炽烈的逼迫，我害怕绮丽的闯入，我害怕温柔的接近。紧紧地封闭着，封闭着情感，关掉了星光，关掉了明媚，也关掉了我的眼光。

然而，人间的春光是锁不住的。我终于经不住鸟儿歌声的诱惑，轻轻地打开心灵的窗口，春，挤进来了。

春，柔和的手抚慰着我、滋润着我，我复苏了。

当我睁开惺忪的眼睛。哦，这个世界早已是百花吐艳，万紫千红，我狂舞着……

秋神

秋天，凄凄楚楚的秋天。

我迎着冷冷的北风去拾捡七零八落的凋零的花瓣、散落的树叶、枯黄的野草，一瓣又一瓣，一片又一片，一根又一根。一阵朔风，那布满原野，布满山岗，正在消亡的生命，如同潮水一样滚滚而来，又如同潮水一般匆匆而去。

它们往何处去？

我拦住一片小小花瓣，从中探得一丁点消息：它们是去追赶新生。

我望着纷纷扬扬的花瓣、树叶、小草，愣愣地站在它们之中，啊，这些柔弱的亡灵，经历了那么多的风风雨雨，死后又被无情地抛弃，为什么那么热爱生命？

秋天纵然萧杀，但站在秋天的人们，要有春天一样的精神！

白雪，我怕……

白雪，纯洁得像素妆仙女，纷纷扬扬，从天而降，飘落在高山峻岭、飘散在湖心河畔、飘忽在大路小径……

肃杀的冬天，顿时充满了魅力。

白雪，每当我看到你，心中便涌起一股激情，你太美了，叫人一见倾心……白白的脸蛋、白白的肌肤、白白的冰心，没有一点隐私、没有一点杂念、没有污浊的魂灵，你内心与外表的纯洁，是那般高度完美的统一，白玉相形见绌，赤金看了羞愧。

但是我怕，你太纯洁、太天真、太美丽了，你匆匆来到这复杂的世界，你能适应吗？这里有贪婪，尔虞我诈；这里有龌龊，男盗女娼；这里有阴险，欺世盗名……这里也有人间温情。

我怕，我怕肮脏的东西，污染你的心灵；我怕残忍的家伙，践踏你的肌肤；我怕卑鄙的小人，损害你的形象……

然而，你却那么勇敢、那么坦然、那么无私，纷纷扬扬、纷纷扬扬……

三片金黄色的树叶

我家门前有一棵高大的梧桐树，听外祖母说，是母亲生我时栽的。为了使这棵树长大，外祖母费了好多心血，梧桐树，春天一片新绿，夏日郁郁苍苍，冬季可惨了，七零八落地挂着几片树叶。

外祖母今年八十大寿，是冬季生的，子孙满堂的她欢天喜地地度过寿辰之后，每天对着门前的梧桐树上最后几片树叶发痴，我看到外祖母这种神情，心里十分难受。

我生下来正逢“大跃进”，母亲满月就到工地上班，是外祖母用嘴嚼烂饭，一口一口将我喂大的，她格外疼我，一有好吃的，总是留给我先吃。

外祖母生病了，一连三天没有起床。她有些悲观，只有当太阳光射进她的房间，三片金黄色的树叶印在墙上时，她才露出一丝微笑。

外祖母病情恶化的那一夜，外面好大的北风，外祖母梦呓般地念着“叶子、叶子”。

我明白了，外祖母早已把自己的生命寄予那三片，尽管风吹雨打仍牢牢挂在树枝上的叶子。我不顾外面寒风呼啸、雪雨交加，急忙跑到外面，从地上捡起三片金黄色的树叶，攀上大树，用线将叶子牢牢地绑在树枝上。

第二天，雪后放晴，阳光射进外祖母的房间，她奇迹般地坐了起来，久久地凝视三片印在墙上的树叶的影子。

太阳下的白天鹅

阴霾驱散了，雾气消失了。太阳的万丈光芒，使这寒冷、肃杀的天宇再次抖擞起精神。

白天鹅轻盈地踱进了阳光，带着三分寒意、二分忧郁、一分希冀。太阳慷慨地伸出她慈祥的手，接过从冬天里走出来的白色的精灵，以她千般柔情、万般抚爱，紧紧地拥抱着、温暖着、亲吻着。白天鹅像一位纯朴的妙龄少女，用嘴梳理着洁白的羽毛，一根根、一寸寸，整理得松散、匀称、美观。她轻轻地扇动丰满的双翼，抖掉身上的杂物和灰尘，踏着春风演奏的乐曲，轻歌曼舞……

今日阳光灿烂

今日阳光灿烂……

山头的花昂首怒放，地上的绿草亭亭玉立，枝头上的小鸟叽叽喳喳。世界一片光明、和谐、吉祥。饱受冬天折磨的白天鹅，忘却了昨日的疲惫和苦恼，浮在绿色的水面上，尽情地沐浴阳光，尽情地享受阳光，尽情地品赏甘甜，尽情……

哦！今日阳光灿烂

今日阳光灿烂……

白天鹅低吟着、歌唱着。它激动地猛烈摇曳着翅膀，向浩瀚的天宇飞去……

让这和平、宁静、暖馨的阳光永驻人间吧！

奔鹿

奔鹿，在中原茫茫的一片沃土上，在西南巍峨的高原上，在华南、华北……不，在九千六百万平方公里的土地上，竞赛、竞技、竞争，如同万马奔腾。

然而，被誉为长跑冠军的奔鹿，你现在在何方奔驰？我在寻找，寻找你奔驰时的健美，找回我那勇于拼搏、勇于进取、争强好胜之心。

有人说你守候在灵芝身旁，舍不得离开娇艳和芬芳；也有人说你被驯养在鹿场，在那里左顾右盼；还有人说……我不信，我绝不信，你会贪图享受、你会犹豫徘徊、你会……也可能你给我们的印象太好太深，使我一时难以接受那不中听的信息，也可能由于我太固执、太呆板，不愿承认眼前的现实。

我沉默着、思索着，否认了又肯定，肯定了又否认……成千上万次，不！这是我的错觉。奔鹿，不管这个世界发生了什么，你永远是时代的强者和冠军。

啊，丹顶鹤

太阳赐予你一个红红的头徽，你祈求的是美好岁月的延长，千万年炼就的长颈、细腿，领教过多少疾风暴雨的猖狂。

在太阳升起的地方，寄予你一缕缕深情，然而，你选择的是枯燥、荒凉。站在沼泽地的灌木上，你面对东方虔诚地祈祷，让太阳的光辉照耀每一个寒冷的角落……

你留恋清澈的湖水，却一点也不贪婪，你同百鸟共同享受着美景，又用你那欢乐的叫声、矫健的英姿，将沉闷的空间变得欢畅……

在恬静、美妙的月夜，你独立于天地的无名之地，将那诗一般的头和颈放入你的温床，一任夜莺的啼叫，你的爱心依然憧憬明天的幸福、和祥……

啊，丹顶鹤！你叱咤风云于无声之中，你寻觅生机于静谧之内，这世界是那么渺小，你却以真诚把日月拉长。

生日雨

平常忙于公务和日常琐事，若稍有点时间就爬爬格子，聊以自慰。今天是我的生日，人的一生中每年最值得纪念和庆贺的日子，本想一顿丰盛的家宴后，晚上去舞厅KTV乐一乐，却逢秋雨潇潇，点缀了几分庄重。于是我关起门来，一个人好好享受一下生日清闲的滋味。

餐柜里的糕点、酒柜里的美酒失去了诱惑，我悠闲地躺在席梦思上闭目养神，窗外“滴嗒、滴嗒”的秋雨，却不管我爱听不爱听，声声入耳。我于是爬起来，坐在窗前的书桌旁，听它个够。雨是不知趣的，还是不厌其烦地下着、响着，没有多久，这上天的飞降之物与大地撞击的声响，倒把我带进了冥冥的梦幻之中。

我踏着秋雨的韵律，慢慢地旋转、升腾。这时在空中的我，看到从天宇飞驰而下的不是雨，而是无数个刚分娩的孩子；听到雨落地将要变成水的那一瞬间发出的音响，不是雨声，而是孩子将要成为男人或女人的第一声啼哭。大地上的雨水积为一团，流成一条小溪流，汇入江河的情形，使我看到了自己三十多年来一个又一个的画面：那团积水，是儿时的我和伙伴一起摸爬滚打；那条溪流，是我长大成人后，结交的同学、朋友、同事；那条江河，是我生活的秀美城市。有艰苦，也有收获；有曲折，也有成功。但这生日雨，使我真正体会到的是，一滴雨水很可能被大地吸干；许许多多的雨水，才能形成洪流。一个人只有把自己的命运同祖国的、人民的命运紧紧地连在一起，才有强大的生命力。

秋雨还在不停地下，不停地响。我亢奋起来，这不是雨，这是莫扎特的小夜曲和贝多芬的命运交响曲。

祭我

祭我。在心灵的深处，我虔诚地点上两支长长的红香，恭敬地供上我最爱吃的水果。祭我，祭我过去的好时光，祈求未来的幸福；祭我青春的狂热，祈求中年的成熟；祭我朦胧的初恋，祈求与娇妻白头断守。

我祭奠我从娘肚子里出生的第一声哭声，它是我来到人世间的第一次讲演。虽然与其他婴儿一样，哇哇大叫，但有我自己独特的音符和声调。我祭奠我第一次走进课堂，记忆最深的是那张图画、那篇课文《司马光打破水缸》。聪明又荒唐的我一溜烟跑进了大学堂。可能我与司马光有缘，大学里我又拜读了《资治通鉴》中许多他编纂的文章。我祭奠我第一次获得的劳动果实。当我领到第一个月当教师的薪水，兴奋得像七岁的孩子，连蹦带跳地交到母亲的手上；我祭奠我的初恋，甜蜜、苦涩的像柠檬一样；我祭奠我见报的第一篇处女作《恋》，发表前有多少文章为它陪葬……

我祭奠我青春生命中的每一天、每一个小时、每一分钟。虽然是那样的叫我依恋，虽然是那样的令我缅怀。我还是要祭奠。

我期待，期待着一个新的自我的诞生。虽然外貌没有青春时那么英俊，虽然举止没有青春时那么潇洒。但那是一个涅槃崭新的自我，勤奋、稳重、善良。

封闭式阳台

干吗要封闭，好端端的阳台硬要用铝合金、蓝玻璃将外界人为地隔开，我拉开窗子这么想。

封闭是为了美观？我猜想；

封闭是为了挡住尘埃？

我又猜想；

封闭是为了拒绝苍蝇、虫子？

我还这么想；

也许都不是，是为了……

然而，我总觉得封闭关掉了许多美好，新鲜的空气，鲜艳的色彩，明媚的阳光，还锁住了许多五彩斑斓的欲望。

站在阳台上眺望：

蓝天，白云，远山，飞燕，万千气象跃入眼帘，似一幅水彩画使人胸襟开阔，心旷神怡。

站在阳台上俯视：

车辆，人流，街市，商贩，人生百态尽收眼底，像一幅生活图，叹人生苦短，行色匆匆。

忽然，轻风抚面，阳光拂身，感慨油然而生：阳台虽小视野广，天下之大方寸坐。乾坤轮回人苦短，道路坎坷苦也乐。

虽说是打油诗，但是，如果不拉开封闭的窗棂，看这变化万千的世界，又怎会生出如此这般的感触呢？

阳台封闭了，这只是物体形式上的改变，人的心却不能因封闭式的阳台而隔绝自己的视野，封闭自己的思想和心灵。

一本书的记忆

早在1993年，我在北大学习时，到校园里的一个小书店买书，看到一个日本作家写的一本书《中国算老几?》，我拿起来稍微浏览了一下，里面的内容马上就吸引了我，当时我是站在那里一口气把它全部读完的。

这本书里主要分析的是中国经济状况以及它在全球所处的经济地位。它当时得出的结论是庞大的中国经济已经超过日本，属于老二。书中列出了许多实例和数据，采取纵向、横向对比的方法证实自己的观点的正确。看完书之后，我沉思了良久，开始有点诧异，我们国家真的强大起来了吗?再仔细一看，感到它举证实在，对比也很明了。并且，我参照书中的举例对应自己工作和生活中对中国经济的了解，甚至感到中国经济比他写的还要隐蔽一些，我知道当时的中国正在韬光养晦。

第二天，我想买这本书收藏，到书店一看已经没有了。

但那本《中国算老几?》的书却一直收藏在我脑海里。记得十年后的一天，我再次来到北大的书店，想看看这位日本作家是不是写了第二本《中国算老几?》，在小书店里我找了好几遍也没有看到，我失望了。

现在写中国如何如何的书籍层出不穷，水平参差不齐，意图也各不一样。不管这些书说中国长，还是道中国短，我都看，因为有这么多的人关注我们中国，说明中国行。

二十年过去了，回头再去看1993年的中国，可谓是天翻地覆。

怎么了得的纪元

那曾经是一个怎么了得的纪元，女娲补天、后羿射日、精卫填海、夸父逐日……每一个事件都足够震撼整个宇宙，每一个人物都足够称得上前无古人后无来者，每一个故事都足够后人思考一百万年。

我们在赞叹我们祖先无与伦比的英雄气概的时候，是否会产生无穷无尽的遐想，那是一个什么样的纪元？那是一个怎么样的情景？那是一些什么样的人物？那些还是原始人的人怎么会有如此了得的文学功底？……

一连串的疑问之后还是一连串的疑问。于是，我们想到是不是地球曾经有过几次文明？是不是地球遭受到毁灭的时候外星人来拯救地球？有的人干脆采取颂扬的简单方式定为古人的智慧。

这是古人抵抗自然灾害的智慧吗？只有傻瓜才会这样认为。

站起来，男子汉！

高的、矮的、胖的、瘦的男子汉站起来，从石榴裙下，从低矮的屋檐下，从畏缩成一团的寒风里站起来，甩开臂膀，勇敢地向前走，向前走！逢山开山、逢水架桥，拿出男子汉的气魄。何必去效仿高仓健——阳刚外露；何必去效仿贾宝玉——柔情绵绵。我就是我，眼睛、眉毛、鼻子、兴趣、经历，完全不同于任何一个人的男子汉。

大胆点吧，光明磊落地与女友谈情、大大方方地与妻子做爱，这就是男子汉的本能，这是男子汉的能耐。叹息什么矮、瘦、丑，炫耀什么高、富、美。男子汉天生就具有自己独特的气质——阳刚、勇猛、锐利、彪悍、潇洒，也不乏脉脉温情。

天上没有神仙，地下没有救世主。男子汉是女人心中的阳光、小孩的保护神、老人的扶助者，是这个世界的顶天柱。

好不容易呀，从猿猴群里、从母系社会摆脱出来的男子汉！怎能在旧习陋俗上盘桓，像市侩一样——斤斤计较，像树藤一样——胡搅蛮缠。

自然雕塑了男人，劳动铸造了男人的气概，于是便成了男子汉。男子汉给予人类的岂能只是一块沃土、一缕阳光、一棵大树，不！应是整个世界的美和善。

忘不了的一眼

那个镜头在我脑海里总是抹不去。那是80年代末，我到茶陵县严塘镇担任扶贫工作组组长，镇长带我去最贫困的高星村考察。

一路上我就听到镇长介绍高星村的情况。高星村是一个移民村，村民原来住在修水库的地方，70年代初农业学大寨，兴修水利，整个村从山下搬迁到山上。现在人多田少，老百姓生活十分困难。听完镇长的介绍，我就在想象，但是怎么也想不出那贫困的程度。

早春二月，山下的桃花已张开了笑脸，往山上走，渐渐可以看到路边还有零星的残雪。越往山上走路边的雪越多，走到村口时我看到许多村民和孩子站在那里望着我们，镇长忙着同熟悉的村里的人打招呼，我的眼睛四处观看每一个陌生的面孔。

突然一个小女孩进入了我的眼帘。她大概三四岁，蓬头垢面，衣衫单薄，端着一个饭碗，打着赤脚站在冰冷的雪地里，鼻涕都快流到饭碗里了。一阵寒风吹来，我本来走得浑身发热，一下子仿佛掉进了冰窟窿。这是哪个没有良心的父母，怎么这样对待自己的心肝宝贝。镇长见我发呆，对我说：走，到村支书家里去。我跟在后面，还不时地朝那个小女孩望去。

一晃二十多年过去了，由于工作的不断变动，一直没有时间再去茶陵县，没有时间再去高星村。我常想茶陵县已经发生了翻天覆地的变化吧？高星村一定脱贫致富了吧？高星村的那个小女孩也许她的孩子，也许三四岁了，或许更大一点，她还会像她妈妈小时候那样可怜吗？

我衷心祝愿祖国昌盛，人民富裕。

桥在我心中

孩子时，父亲的大手牵着我到奔龙公园游玩，看到湘江，我天真地问："爸爸，江这么宽，人怎么过去?"父亲嗔怒道："傻孩子，乘船呗。"

上初一，我才知道，株洲人到河西去，船是唯一的交通工具。读大学时，长沙的几个学友到我家来玩，晚饭后，我们一同去湘江搏击，游泳的人很多，船少，我们等得不耐烦，就横渡到对岸，个个累得筋疲力尽，瘫倒在沙滩上。长沙的学友戏谑地说："你们株洲到河西太不方便了。"说者无意，听者有心，我觉得自己比他们矮了一截。

当第一声打桩声传出，我常到江边，我看到过一位年近七旬的老人，在江的东岸久久观看。我听到一位中年农妇挑着一担菜，下船上岸时，说："明年就好了，卖菜再也用不着为过江发愁了。"

一个桥墩，又一个桥墩，像一双双巨手从江水里伸出来，它将举起的何止是一座桥啊!

大桥还没有竣工，我就迫不及待地牵着儿了来到大桥上，儿子却不像我那样稚气了："爸爸，那边（指河西）怎么没有高楼?"我亲了亲儿子，高兴地回答："会有的，等你长大后，那边会比这边更美丽。"

独行者的梦幻

不知什么时候进入的梦幻，我独自一个人在茫然行走，望着那灰色的天空，我不知身处何方、何年代、将要去何方。似梦非梦的境界里，我一时着中山装，一时穿西洋服；忽而，在漫无边际的沙漠里跋涉，渴望一片绿洲、一汪清泉；忽而，在巍峨的高山峻岭中攀援，多想看到一根能紧握的青藤，一块能踏脚的平台；忽而，在苍茫的大海里搏击海浪，多么想看到一个岛屿，一条小舟。

我仿佛看到了一座美丽的城郭，里面绿草茵茵，鸟语花香，小溪潺潺，然而那只不过是永远也无法抵达的海市蜃楼；我仿佛看到悬崖峭壁上一根根藤条如丝如柳，层层云梯直上九霄，然而，我一脚踏去，却坠入云中；我仿佛看到一艘豪华游轮，等到我爬上去，游轮又触礁。这个世界真是虚虚实实，真真假假，变幻莫测。人世间谁能说是成功者，谁又能说是失败者，但不管成功或是失败，都是一种梦幻，大梦过后，恍然才懂得了许多许多，然而清白许多以后又再次进入梦幻。

一次次梦幻，一次次惊醒，又再一次进入梦幻。

独行者的梦幻是一阵风，吹过后也许再也无法寻找它的踪迹；独行者的梦幻是一片云，无论它飘向何方，始终眷恋着那无边无际的苍穹。有时独行者也有美梦，幻想像一只苍鹰振臂飞翔在碧蓝色的天空，呼唤着暴风骤雨的来临，为我的梦幻进行战斗般的洗礼！

我曾试图……

我羡慕过盘旋在天空上的山鹰，崇拜它的搏击长空的精神；我喜爱过叮叮咚咚的小溪，追随它那无忧无虑的身影；我迷恋过大海……我有好多好多的幻想，一个一个地在秋风中飘逝，又一个一个地在春雨里诞生。

我曾试图当一名威风凛凛、保家卫国的军人，可我那欠“棒”的身体，撞不开军营的大门，征兵的军官笑着说：“小伙子，你长得太‘斯文’”；我曾试图改变我下乡地方农民的贫困面貌，花了几十个夜晚在煤油灯下绘制的水利、农田规划图，却被大队长丢进了字纸篓，讥讽道：“城里娃下乡镀金的，何必动这份鬼脑筋”；我曾试图用我所学的现代管理知识来振兴工厂，可由我主办的《企业管理》杂志，却被人视为纸上谈兵；我曾试图当一位作家，拼命地读托尔斯泰、曹雪芹，一篇篇蚊子咬、冻疮痒出来的作品，塞进邮筒后，却少有回音；我曾试图当一名公正的法官、一位人类灵魂的工程师……

一个个幻想破灭，一次次试飞失落，几经磨砺，几多蹉跎，曲折迂回，反复雕塑，雕刻出一个完全不同于任何人的我——善思而不多疑，勇猛而不鲁莽，稳重却不乏活泼。

我的小屋

我的房屋很小很小，有人说像一个鸟巢，但我觉得好大好大。在这小屋里盛满了我的情感、我的理想、我的追求，有时我感觉小屋里有一股永远也飘不完的清香。

我爱我的小屋。虽然没有富贵人家那么宽敞、豪华，虽然那么窄小、简陋，但这是我自己的小屋，一年三百六十五天，我每天都依偎的小屋。多少次我傻乎乎地问小屋：你还能大，稍微大一点吗？又有多少次默默地反问自己：果真有了一个宽敞、漂亮、舒适的大屋，你还会有小屋里那么多的情感、那么多的幻想、那么一种锲而不舍的精神吗？我不敢去假设、去断言。我明白：舒适、安逸的环境会消磨人的斗志。我年轻，正血气方刚，不能贪图享受，不能企望富贵。路还很长很长，还要踏泥泞，涉恶水，迎暴风骤雨。

我的小屋也很爱我，给了我一个温馨的家，夏日它给我避暑，冬天它为我挡寒。虽然没有贵客临门，虽然没有名人造访，但小屋里那小小的书柜里是我飞翔的天空，是我搏击的大海，是我驰骋的草原。我和曹雪芹描写的人物同悲欢，我和艾青浪迹西南，我同托尔斯泰侃侃而谈……

哦！我的小屋拥有一个巨大的世界！

书桌，让我欢喜让我愁

那时候没有电脑，坐上书桌爬格子，一爬就是好几个小时。当记者时，白天采访，晚上回到家里就趴在书桌上把采访的记录整理出来，写成一篇新闻报道。后来到机关又是同文字打交道，为了赶一篇材料有时候彻夜不眠。

伏案，看起来不费力不流汗，实际上比做苦力还辛苦，一天下来头昏脑涨，脖子痛。由于长期的伏案工作，养成了读书、看报，勤于思考的习惯。看多了，想多了，总喜欢有事没事趴在书桌上写写画画，好像不写一天就不自在。朋友笑我，搞了几十年的文字工作还没有搞够呀，喝喝茶，聊聊天，玩玩麻将，打打牌不好过么。听他们的话，我也去玩了一下，开始还觉得蛮有味的，频率高了就腰酸背痛，而且，人也颓废、衰老了许多。看来我与玩还是无缘。于是又回到了从前那张让我欢喜让我愁的书桌。

现在好了，有电脑，不用爬格子，只要轻轻地敲击键盘，文章很快就出来了。尽管如此，有时候我喜欢用笔写一写，那感觉和电脑还是不一样，既可以欣赏自己的文章，又可以欣赏自己的字，这也是一种享受。

寻觅

是不是有那么一天我们都不属于自己？是不是有那么一天我们都属于上帝？从牙牙学语的那天起我们注定会属于别人，也从蹒跚学步的那天起我们注定属于自己。自己与别人，是那么的遥远；自己与自己又是那么的接近。嘴巴在鼻子下，舌头在口中，逃不脱的是无穷无尽的烦恼，洗不掉的是连绵不断的寻寻觅觅。

我们都走过我们不该走的路，我们都交过不该交的友，我们曾有过许许多多的亢奋，也曾有过许许多多的叹息，寻觅事业，寻觅理想，寻觅感情。悠闲的、忙碌的、卑贱的、高尚的……形形色色、林林总总的人，各色各样的寻觅。

从那“哇”的一声落地到“咣当”一声被关进地狱，那双永远也看不完、永远什么东西都想看的眼睛，寻来找去，就是难得寻到自己。

悲哀的歌，快乐的曲，唱了一首又一首，奏过一曲又一曲，谁又能找到歌中是你，曲里是自己。

飘

无根浮萍随风忽飘到东，忽飘到西。有人说它是绿色的幽灵，也有人说它是轻浮的象征，当否？

飘不是浮萍的意愿。难道它就不想像大树一样深深扎在坚实的大地上，显示自己的伟岸；难道它就不想像花朵一样，展现自己美丽的脸蛋，被人羡慕，受人称赞。我原来也是一个好静之人，坐下来一连好几个小时可以不动身。有人笑我像一块石头，我自然有自己的看法，静能修身养性，和尚坐禅一连好几个小时不吃不喝，倒也清闲自在，何况我还可以一杯茶水、一支烟、一张报纸翻半天呢，与之相比，我知足了。

忽然，有一天，我那清静的门外喧哗起来了，送进我耳根的是那美人鱼的歌声：来来来，到海里来。海？我蓦地想起了高尔基作品中描写的景象，于是我眼前浮现了海，茫茫一片汪洋，波涛翻滚，汹涌澎湃。海比小屋更有趣。我开始挪动那轻易不挪动的身躯向窗外探去。呵！眼前那如潮的人流向海的方向滚滚而去。我出现了幻觉，把这些去赶海的人群当作了海。我想，这海与那海汇合在一起，海水岂不会涨到我的家门？我又坐了下来。

忽然，又有一天，海水真的来了，拍打着我的门槛，美人鱼的身影若隐若现，歌声更优美动人，我身不由己地跨出了门槛，跳入了大海。没料到从此开始了我漂浮不定的生涯。

海是一首悲壮的歌，声音高亢，内容悲哀，苦涩；海是一幅苍凉的画，时而亢奋，时而凄楚；海是一个精彩夺目而又无可奈何的世界。在海里我被海水一下抛到浪尖，一下又甩到涛底，喜乐悲哀、酸甜苦辣样样俱全。有时我真想回到我原来的世界，可是人在海中身不由己。

浮萍在水塘中尚不能有自己的立命之处，我在海中又怎能安身？飘就成了每一个下海人的命运。

膜拜我们自己

我们曾顶礼膜拜过神仙，膜拜过上帝，可神仙、上帝赐给了我们什么，是健康、安宁，还是财富？我们双膝跪痛、双手举酸、双眼望穿，美好的时光流逝了，然而一切依旧。

我们的痴情打动不了镀金的泥菩萨，我们的虔诚感动不了虚无缥缈的上帝。他们不会，也不可能降福于他们的弟子；他们不会，也不可能造福于他们的信徒。他们铁石心肠，他们有眼无珠，他们子虚乌有。当人类的恶魔发动战争，硝烟弥漫，横尸遍野，大慈大悲的菩萨到哪里去了，难道他不知道他们可怜巴巴的信徒在受磨难？当风灾、水灾、火灾肆虐地球，勤劳的人们用汗水建造的家园被摧毁，法力无边的上帝到哪里去了？难道他看不到他们的善男信女在受煎熬；当饥荒袭击非洲大地……

神仙、上帝是信不得、靠不住的，我们与其顶礼膜拜他们，不如珍惜时光，祈祷自己。我们头顶无边无际的蓝天，脚踏坚实可靠的大地，主宰这个世界的，不是神仙、上帝，而是我们自己。万万年了的地球，人一出现就以独有的思维和创造，将荒凉改变为繁荣，由落后走向先进，哪一件杰作不是我们的双手创造出来的?!

膜拜吧，我们膜拜的应该是自己。

古董

我的奶奶喜欢古董。陶瓷、名画、青铜器，离今天越远的她越收藏。奶奶性格孤僻古板，她那间收藏兼卧室的房间谁也不让进，唯独我例外。奶奶很爱我，常常把我叫到她屋里，教我怎样鉴别文物，有时吃饭前，她提一、两个问题，我每每答个八九不离十。奶奶夸奖道："耿子有通古灵气，将来准有出息。"母亲善解人意，附和着说："他是您老的宝贝疙瘩，当然是您老的遗传啰"。只有这时，奶奶才开心地一笑。

奶奶一生好凄凉，五十四年前爷爷为抵抗日寇南侵，血洒沙场。打那以后，她恪守妇道，带着儿女顽强地生活下来。奶奶常年穿一身黑色的服装，早晚面对东西两方祷告，我想这是在为爷爷的亡灵请安。若不是文物引起奶奶的兴趣，她的精神早就崩溃了。

今年夏天，我交了一个女友，姑娘在外贸工作，人长得十分标致，两只活泼的大眼睛好像会说话会唱歌一样，我好喜欢。这天，我带她回家与家人相识一下，父母高兴得手忙脚乱，又是沏茶，又是拿点心，而后说："耿子，奶奶最疼你，先去看看奶奶，我们买点菜去"。我领女友来到奶奶房里，奶奶正戴着老花镜在那里聚精会神地摆弄着古玩意，见我们进来，慈祥的目光从上到下打量了我的女友一番，看得她脸都绯红。"好俊的妹子，耿子真有福气，你们先到客厅坐坐，我收拾下就来。"奶奶笑眯眯道。女友的眼睛却被奶奶房间的古董迷住了，两只脚像被什么东西吸住了似的，半天才移上一步。

"哗，你奶奶真富有，那么多古董，如果将它变成钱，卖给外商，那就发达了。"到客厅一落座，她就无遮无掩地嚷道。我生怕奶奶听到，赶紧回头一瞧，本来满脸堆笑目送我们的奶奶，脸上一下子塌了"方"。可女友像开了闸似的，一个劲地说："我经常与外商打交道，如果卖出一两件珍品，那我们就阔了。"我急得汗水直冒，不知所措，只好劝阻道："喂，别啰嗦了。"可是已晚，只听到奶奶将门使劲"砰"的一声关上了。

我沮丧地将双手一摊，自言自语道："砸了。"

等到吃中饭，奶奶还没出来，女友羞涩地低下了头，自知没趣，饭也没吃就灰溜溜地走了。

在古董面前，女友和奶奶究竟谁老？

花仔

村头路边的苦楝子树青了又黄，黄了又青。花仔嫂每年拾两颗苦楝子树籽收藏着，小樟木箱都快盛满了。花仔嫂永远忘却不了40年前她们夫妻恩爱的日子。她绣鞋面花，花仔摇起二郎鼓走街串巷叫卖。虽然日子过得清贫一点，夫妻厮守一起，抚育一对儿女，倒还甜蜜。

花仔嫂悔极了。那天花仔出门卖花的情景还历历在目，她像往日一样送花仔到苦楝子树下，花仔仿佛要出远门似的，叮嘱一句又一句，要带好孩子，一步三回头，久久不愿离去。花仔嫂怨恨自己，怎么不留住丈夫？那时多么乱！国民党南撤，四处抓壮丁、捉挑夫……想到这些，花仔嫂不知流了多少眼泪。一到黄昏，花仔嫂就到村头的苦楝子树下望，盼卖鞋面花的丈夫早点回家。春去冬来，无论刮风下雨，天寒地冻，花仔嫂从未间断，树下都踮出了两个印子，花仔连影子都没有看见。有人劝花仔嫂："花仔回不来了，孤儿寡母的度日如年，改嫁算了。"花仔嫂任别人怎么说，她铁了心，坚信花仔没有死，花仔会回来的。她和花仔是在苦楝子树下玩大、相爱的，夫妻相濡以沫七八年，从未红过脸、拌过嘴。她绣花，花仔卖，每天一到黄昏，花子嫂就到苦楝子树下接丈夫，花仔每次只要多卖几个钱，总要捎回她喜欢吃的糯米糕。

"大跃进"那年，公社要砍掉苦楝子树去炼钢铁，花仔嫂用性命护着，哀求道："可怜可怜我孤儿寡母，不要砍了，我花仔会不晓得回来的。"村里人都同情她，就留了下来。苦楝子树大了、苍老了，花仔嫂踮的两个印子越来越深了，花仔嫂绝望了。她想：这辈子再也见不了面了……

花仔回来了。在一个金色的黄昏，从海峡的那一边，像一片白云飘回了故乡。他第一眼就看到那棵苦楝子树，那树下梦魂牵绕了40年的苦命妻子，她老了，背驼了，只有那对盼他回家的眼睛还那么熟悉，圆圆的。花仔嫂一眼也认出了丈夫，他头发白了，身体胖了，只有他胸前贴的鞋面花，仍然那么艳丽，红红的。分别40年的夫妻陡然相对，激动又沉静，陌生又熟悉，两颗苦楝子树籽从树上掉落到他们相隔的中间，击破了这40年的隔膜和沉默，他们都弯腰去拾苦楝子树籽，一人一颗，紧紧捏在手心，终于拥抱在一起，哭着、诉着，像初恋那样肆无忌惮，像初恋那样难分难解……

距离

八年未见面的同窗挚友，今天碰巧相会在他开设的饭店，那激动的心情自然难以描绘。我端详着他，胖了，滚圆的身腰，红光满面；他打量着我，瘦了，人还挺精神。

然而，他的第一句话就把我噎住了："老弟，发财了吧。"我无言对答，只好反唇问之："看来老兄身缠万贯了。""算不了什么，八六年，我辞去公职，经营这个门面，生意还过得去，一天能捞上百多元。"他洋洋得意地看了看我："不知老弟如何?""我嘛，白天在办公室爬格子，晚上在家爬格子，财从何来?"他很世故地说道："你还是死脑筋，现在的人实际一点好，前几年我也这样，每天记英语单词、复习专业课文，准备考研究生。读个球。你还记得吗?我们系那个小平头，考上研究生，毕业后，找个工作都困难，只好到深圳做生意去了。你看，我现在生活得比市长还痛快，哈、哈、哈。"说完，他一阵开心的大笑。

我心里有一种莫名其妙的感觉，不知他是笑自己的成功，还是笑我的寒酸……

八年前，他不是这个样子，读书时，他是一个很有理想、很有抱负的人，我们互相勉励，不负苍天给了我们读大学的机会，将来在事业上有所建树。然而，眼前的他……我为他惋惜道："那你所学的专业不白费了吗?"他不以为然："读了十多年书，至今我才读懂一个字，'钱'。只有钱这个东西，才是世界上最可爱的。"刚说完，他又马上补充说："当然，同学的感情也十分珍贵。""我得走了"，看来同窗挚友的这份情已经淡薄，我起身。他赶忙按住我的双肩："老同学，这么多年未见，我们好好庆贺今天的巧遇，我请客。"我一语双关地说："我胃口不好。"他听懂了，脸上红一块、白一块，极不自然。"老同学不肯赏脸，我也就不远送了，店里还有不少客人，好走。"

他走进了饭店，走进了他那个狭小的天地，望着他进去的背影，我感到我们之间的距离……

一片早坠的樟树叶

夜深沉了，妻子儿子已入睡。我点上一支烟，开始编稿。看着看着，我感到室内烦闷，推开窗子，南方初夏的夜风冰凉冰凉地流进斗室，这倒使我畅快了许多，我决意外出溜达溜达。

夜是属于月亮、星星和电灯的，我借着它们的光辉，漫步到家门前的大樟树下，碰巧一片叶子坠落在我的头上。很少到野外观赏花木的我，拿着这片飘零的樟树叶权当一件精品欣赏着：黛绿色，厚厚的含有许多水分，放近鼻子，还可以闻到丝丝清香。它并不是“老”，依我看还可以在树枝上悬挂一些日子。我疑惑地仰视枝繁叶茂的樟树，月色下它如同披了一层薄纱，朦朦胧胧，但像这片落叶，甚至比这片还“老”的，依稀可见。为什么它却偏偏坠落？是不是叶子与叶子之间也兴让“贤”？

记得前年，我熟悉的一位老同志，他 50 岁左右，精力充沛，思想敏锐，有丰富的经验和突出的工作实绩，在岗位上至少还能干上十多年。然而，他过早地隐退了，就像这片樟树叶在一个夜间悄然地落下……

月亮躲进了云层，夜更沉了。冷空气一阵阵袭来，仿佛催我回家。该回去了，我拿着樟树叶在手中掂着……

我是长城的儿孙

我流连于长长的甬道，数着一个又一个警惕的哨口，想象着古代战场上的刀光剑影和抗日战争中的枪林弹雨，凭吊为中华民族的生死存亡浴血奋战、血洒疆场的英魂。

登上高大雄伟的瞭望台，面对祖国的壮丽山川，我豪情满怀、壮志倍添。不管世界风云如何变幻：我仍是长城的儿孙！

孩提时，听说过《孟姜女哭长城》的故事，怜悯孟姜女夫妇的悲惨遭遇，痛恨秦始皇的残忍暴戾。但是，今天，当我站在这雄伟的万里长城上，凭栏远眺，溯古抚今，那《孟姜女哭长城》的故事变得苍白，笑儿时的情感好稚气。假如当时没有“外患”，假如当时秦始皇不作这个决策，假如没有千百万修筑长城的民工的献身，假如当时……至少，今天的中国不会有这举世闻名的古代建筑——万里长城。

我是中国人，我是长城的儿孙，那巍峨连绵的万里长城是我两千多年的爷爷砌成，那乌黑、坚固的城墙上有我抗日将士的血印。

当我登上这令全世界所有的人都仰慕、倾倒的万里长城，听到高鼻子、蓝眼睛“啧、啧”的赞美声，我心中蓦地腾起一种无限的自豪感——我是中国人，我是长城的儿孙。

我抚摸着长城上的每一块乌黑的砖头，宽厚、硬朗、结实，像中国人的骨头，它姓秦、姓曾、姓范……姓中国，两千多年的风侵雨蚀，数百上万次的兵荒马乱，依然坚如磐石，依然光彩照人。

初恋不是妻子

我的第一个恋人不是妻子，但并不像所有人说的那样第一个恋人最使人难以忘怀。

那时，我太年轻。初次品尝爱情甜果的我，对爱情一无所知，只强烈地感觉到旺盛的青春生命中有一种不可抗拒的冲动，接近她、接近她，哪怕是见上一面、说上一句话也是开心的，却不知道爱情的分量、代价和责任心。一遇风波，就一筹莫展，任爱像两片落叶随风飘逝。

正因为初恋不是妻子，妻子成了自己的终身伴侣。与妻子从相识、恋爱到结合成家庭，这一路虽然也经历了不少大大小小的波折，都是因为有了那次初恋，使我成熟了，懂得怎么去爱一个女人，又怎么珍惜女人的爱，才稳当地将爱之舟平安地驶到彼岸。

妻子知道我的初恋不是她，婚后，谈及爱情她说话有点清淡。我半开玩笑半当真地说："我的初恋如果是你的话，那么我的妻子就不一定是你了，你要感谢那位女孩，为你义务地培训了一个有责任心的丈夫。"妻子笑了。

初恋虽然美好，但好似昙花一现。初次的恋人虽说在某一段时间两人情投意合，但是能不能像妻子这样长年累月相濡以沫、甘苦同当、患难与共呢？妻子的贤惠、温柔会将人生那段小小的插曲缩短，变成一个小小的音符。而妻子是丈夫一生中最美丽、最动听的命运交响曲。难道这不比初恋更加壮观、更加激动人心吗？

初恋不是妻子，然而，妻子每天都是自己的初恋。

一个女人的梦

我钟情于你，也恪守妇道。

你潇洒地走进我的梦中，甜美的笑靥、高雅的谈吐，使我如痴如醉。但是，这终究是一个难圆的梦，因为我身边已有一个他。

当我还是姑娘，他疯狂地追逐着一个并不爱他的我，指天发誓，非我不娶，负心电打雷劈……他满足了，不再像追求女孩子时那么讲究、那么好学、那么多情。邋里邋遢、拖拖拉拉、哼哼哈哈，不到四十的他就发“福”了，挺着像怀有三个月毛毛的大肚子，走路一摇三摆。长辈说：这是好兆头，快四十岁的人发“福”，有官当、有财发。或许，他会当官。瞧他那副德性，把那时对我的甜言蜜语都奉献给他的上司，奉献给他上司的太太，巴儿狗似地绕在他们的膝下……青春时，如花似玉的我，曾也做过一个梦，我未来的丈夫是一位顶天立地的男子汉，既文质彬彬，又刚正不阿。然而，我的梦被睡在身边的他，一寸一寸地敲碎……

古诗云：“士之耽兮，犹可说也；女之耽兮，不可说也。”男的可以大大咧咧与女人调情，女的只能退避三舍。我不敢越雷池半步，怕遭人白眼，说我轻佻、骂我淫荡。我吃的也是五谷，亦有七情六欲。那天，我在一位大学同学家里见到你，你同时与几个好友谈笑，也未将陌生的我“晾”到一边。你风度翩翩、侃侃而谈，针砭时弊，很有性格、很有主见。我立即想到青春时的梦。你，不就是我梦中的白马王子？我第一次这么大胆、这么放肆、这么动情地望着一个陌生的男人。可能只有那么几秒钟，但我仿佛过了一个阳光明媚的美好的春天，是那么痴心，那么惬意……我不知自己的样子是否难堪，只觉得心怦怦直跳。我匆匆忙忙与同学告别，像做了一件见不得人的丑事，一路低着头回到家中，独自抱着枕头大哭了一场……

我几次想去那位同学家打听你的尊姓大名，想再次撞见你，但那首古老的诗总在我的脑海里盘桓……

我在隔壁陪着你

接到你从海天大酒店打来的电话，我踌躇了半个钟头，出于尊重你的人格，出于你对我原来的那份感情，我还是答应带着儿子见你最后一面。

你站在酒店门口，老远就盯着我们走来，目光里有一份顾盼，二分希冀，三分悲哀。你第一句话是那么阴沉："你终于来了。"想把我带入十年前第一次幽会的情景，可我毕竟已不是那时多情的少女，十月怀孕给了我最宝贵的母性，我爱我的儿子，也爱给了我儿子的丈夫，我将儿子拉到你和我之间。乖儿子叫了声叔叔，你笑得不自然，却还是笑了，摸着我儿子的脸说："真漂亮，像你妈妈。"这不知是你蓄意来牵我的心，还是无意间踩了我的"脚"。漂亮？十年前你捧着我的脸，不也是这个字眼么。

"你还是有本事！"出于礼貌，寒暄中赞扬了你一句，你却像吸了鸦片似的来兴致了，滔滔不绝地同我侃起你发财的历史来："现在闯天下不容易呀，我多少次被人冷落，多少次遭人戏弄，可我还是摸到了生财的门道……这回想对你有点补偿。"

"补偿?!"我笑了，"爱情是双方的，当年我投入了，你也投入了；分手之后，谁也没有投入，你又欠我什么呢?"你垂下了眼皮，显然有点尴尬，猛地你一抬头，目不转睛地盯住我，浑浊的双眸开始湿润。我明白下面你会说什么。

我不想让儿子知道我们之间已过去了的故事，"你回到你自己的房间去，我在隔壁陪着你，用电话叙叙……"

相约明年

千里迢迢，迢迢千里，我们从四面八方，兴高采烈地相聚在一起。十年的东西南北，十年的奋斗进取，从来没有忘却，从来没有放弃。你好！一句发自内心的问候，将难忘的过去与希望的未来紧紧地联结在一起。你还是学校那个样，年轻漂亮，健谈奔放；你还是没变，幽默诙谐、风流倜傥。只是不饶人的岁月给你的皮肤稍稍加深了一点颜色，只是不测之风雨在你的额头上细细画上了几条皱纹，但这也是美，是成熟、老练的象征。

十年磨一砺，是啊，都成熟了，像一棵挂满果实的大树、贤妻娇子、论文著作、满天下的桃李，芬芳扑鼻，绚丽多彩……

在见同学们之前，我的心在急剧地蹦跳，扪心自问：你做了些什么？有何成就？翻箱倒柜、搜肠刮肚，然而，我空空如也，满脸羞涩……

离校后，我像一个刚学步的孩子，蹒跚走在人生的道路上，稚气、傲气、学生气，使我跌倒了，爬起，再跌倒，再爬起，……我没有沮丧，没有屈服，没有气馁，在与复杂和艰难的人生拼搏中，我终于长成了男子汉，有自己独特的个性，独特的气质，独特的思维能力。不过，在今天，从前就是在我大哥哥、大姐姐面前，我这个男子汉还很矮很矮，但我十分自豪，因为我面前的巨人，是我寒窗苦读的学友。

我们相聚是那样甜蜜，说、笑、唱、闹，还是像十年前的学生，无忧无虑；还是像十年前的孩子，无拘无束……

时间过得太快，太快了，没容得我们把话说完，就又要分手了，再见，莫让泪水模糊了眼睛，相约明年、后年……

有一首歌

没有共产党就没有新中国，这一首歌，我们家从过去唱到现在。

母亲常常回忆着说："我们刚从江西到湖南来工作时，只有一担箩筐和一口小樟木箱。几家人住在一个打工棚里。现在已分成五个家，家家都有彩电、冰箱，这都是做梦也想不到的事。"母亲每次说这番话，都使我产生一些联想。

多少年过去了，我儿时唱的歌，儿子又接着唱起来了。儿时学唱"没有共产党就没有新中国"，对歌词并不很理解，后来读书，又参加工作，才真正理解父辈们为什么那么感激共产党，为什么那么忘我地工作。我的父母在旧社会是被压在最底层的穷苦百姓，父亲从小给地主家放牛，被牛斗伤了，地主不但不给治疗，晚上不给饭吃，还要挨打。外祖父躲日本兵冻死在山里！是共产党使他们翻了身，有了自由身，有了一个安稳、温暖的家。我上五年级时，读了夏衍的《包身工》，看到纺织女工过着悲惨的生活，情不自禁地流下了眼泪！

儿时，我们家住的是竹篾片糊泥巴墙的房子，现在住的是高楼大厦；儿时，读书要走十几里路，看到有的孩子骑上父亲的旧单车或乘四分钱公共汽车都羡慕死了，现在手一挥，乘"中巴"一线风；儿时，一个月看次电影算是解解"馋"，现在24英寸彩电只要一按就可以收看到几十个频道。

从我们家的变化，就可以看到我们株洲、我们祖国的变化。现在当我再唱起"没有共产党就没有新中国"这首歌的时候，不再是无意识的了，而是发自内心地对党的歌颂和赞美。

写在童年的记忆里

童年的记忆是金色的，童年的记忆是永恒的。在我刚刚升起记忆的风帆，雪里送炭、拾金不昧、公而忘私、舍己救人，闪光的人、闪光的事，照耀着我童年的心，童年的梦。

我七岁的那年，母亲在一家街道办的小小印刷厂负责。所谓印刷厂，还不如说是个小“作坊”，几个婆婆妈妈围在一张大桌子旁做纸袋子、火柴盒子，整个“家当”顶多1000元。我童稚的小眼睛，看到母亲从家里带被褥、蚊帐到厂里去值晚班，而从未将工厂的一张纸带回家，哪怕是一张废纸。那时，在我的心目中，母亲的厂就是家、国就是家。我们家很清贫，一张摇摇晃晃的床和一口破旧的小樟木箱、一张几块板子拼成的饭桌、一条缺胳膊断腿的椅子，但我的母亲却生活得十分充实。她每天早出晚归，风风火火，把整个的身心扑在工作上。工厂在母亲那辈能吃苦耐劳的人手中，一天天壮大起来，由街道升为区办，由区办被市里接管。

社会环境的优良、母亲的言行，在我幼小的心灵中激起了一个又一个涟漪。我学着、模仿着。我第一批光荣地加入了少先队。入队的那一天，老师给我们讲红领巾的来由，我至今也难以忘怀：红领巾是国旗的一角，是革命先烈的鲜血染成，我们要爱护红领巾，珍惜今天的幸福生活。

一天，我在父亲施工的地方拾到五元钱，毫不犹豫地交给了民警叔叔。事后，还生怕老师知道，表扬自己呢。

26年过去了，闪光的人、闪光的事，又像春风一样再次吹“绿”了全国，重新唤起了我对童年的美好的回忆。

曝光自我

我是一个非常平凡的人，却总想干出非凡的事业。在坎坷的人生道路上磕磕碰碰、摸爬滚打几十个春秋，失败的多，成功的少。

我想当个圣人，一生中不做错一件事。然而，事与愿违，本来自己想把一件事做好，却偏生搞砸；本来想结交一个正人君子，却认识了一个小人；本来想帮助别人，却伤害了朋友；本来想说句好话，却惹恼了别人。

我想当个学者，一心只读圣贤书，两耳不闻窗外事。然而，窗外风声雷动、五彩缤纷的世界，却像无法抗拒的磁铁，我不由自主地走出了世外桃源。

我想当个作家，想写出流芳百世的佳作。然而读破万卷，勤笔耕耘，可我那笨拙的脑袋却只能产出平庸之作。

我是一个失败者，我的不成功不能埋怨任何人，年少时好强任性，只要谁发难，马上给予反击，常常被打得鼻青脸肿，满身伤痕。年轻时做事不专一，一下想到南山去放马，一下又想到北山去养牛，平均每两年换一个单位，甚至一个月做几个事情，下过农村，上过院校，到过工厂，进过报社，开过饭店，坐过机关……五花八门，什么都做过，犯过错误，也得过荣誉，但有一点还是值得我骄傲，那就是每干一件事我都成功了。

越过不惑之年的我开始有所领悟，小草的叶子虽然在地面上飘，但它的根系牢牢地植在宽厚的土地里。

三进长沙

长沙，湖南的首府。从这里每天向全省每个角落传递着政治、经济、文化、商业诸多方面的信息。有识之士要一展抱负，首选长沙。

第一次进长沙是70年代末，那时我还是莘莘学子之一。长沙给我的第一印象是大专院校多，尤其是河西高等院校云集。我就读的学校比较简陋，课余除了到图书馆看看书，星期六到运动场看一次露天电影外，几乎没有其他娱乐活动。大学课余时间比较多，我就一头钻进图书馆，专拣中外名著阅读，那时读书不像现在可随意选着看，而是要有计划、有系统地看，如在一段时间内专读托尔斯泰的作品，研究他的创作背景、作品风格。在校的几年里，除从宿舍到图书馆，或从学校到溁湾镇再乘车回株洲外，长沙城里就很少去。我印象最深的是五一路、新建的火车站、南门口，其他就什么也不知道了。

第二次进长沙是90年代初，这时的长沙已是灯红酒绿的花花世界，高楼大厦一栋栋拔地而起，夜总会、卡拉OK厅、桑拿按摩比比皆是。这次我主要承担省里的一项编辑任务，带领一班人马穿梭于省城与地市之间，感触最深的是长沙人气很旺，人们谈的是建设，说的是发展，所结识的每一位老板脸上都布满了喜气。当时我真想入主长沙，长期干下去。

第三次进长沙已是21世纪了，几年不见的长沙已陌生了许多，相识的老领导有的已离休、有的已调走；城区的高楼填满了五一路、韶山路、芙蓉路两旁。短短十多年，长沙已被钢筋混凝土包围，被电脑、电视困住。难怪现在的美国人提倡返璞归真，回归大自然。这回到长沙，我发现夜总会少了一点，但洗足城、茶楼多了起来，且生意兴隆。

看到这些，我很在乎我生活过的城市株洲，它有许多城市无法相比的特色，我最喜爱的是几个大广场，炎帝广场、中心广场、红旗广场、石峰广场，它们使那些高耸入云、遮天蔽日的大厦矮了许多。

这次进入长沙是担任省某协会执行秘书长，第一天到省会我就感到长沙变大了、变强壮了，靠实力、靠科技迅速崛起的企业越来越多。如远大中央空调、三一集团、友谊集团、通程国际大酒店等企业，发展之迅速令人惊叹。

虽然长沙像巨型磁铁般吸引着我，一年后我还是回到了株洲，因为这里是生我养我的地方。我爱长沙，但更爱株洲。

宽恕

工作人员跑到楼上告诉我来了一位不速之客，男性，30岁左右，个头不高，两边脸像刀削一样平整，戴着一副宽边茶色眼镜。我下楼一看：哦，原来是易永强。

他落座之后，我叫工作人员给他泡了一杯乌龙茶，同他寒暄了几句，便问道："你现在在哪里发财？"他告诉我："响应党中央、国务院号召开发大西北，我带着一点钱到青海、陕西去了一趟，想到那里寻找一点发展机会。我走了很多地方，找了很久没找到自己合适的。"

接着他从公文包里拿出一份报纸给我看。我一看是陕西办的一份《健康与卫生》之类的报纸。他说："我受报纸的委托，准备在湖南筹备一个记者站。"我知道这个人，中专毕业，虽然有点胆子，也想干一点事，但市场驾驭能力、管理能力和文字功夫还不行。我坦率地说："好是好，但湖南是一个文化非常活跃的地区，这种报要进入湖南市场，可能难度比较大。"

他一边收起桌上的报纸，一边说："我也只想试试看，不过今天来我还有一件重要的事要告诉你，并想求得你的原谅和宽恕。"我觉得有味，笑了笑说："不至于吧？这两年你又没在我这里工作，你和我一起工作的那些年你也没有什么过失，要我原谅和宽恕你什么？"

他习惯性地用手指将眼镜往上顶了顶，我随机观察了他一下，他眼里放出一种耐人寻味的光，嘴角微微颤动。我心想：看来，这个家伙还真做了什么对不起我的事。他艰难地开了口，说："范主任，对不起，我到西北去，本想寻找发展机会，可是找了几个月也没找到，身上的钱花得也差不多了，我带了你那本《从天上飞来》的散文集，每天抄一两篇送到报社，挣一点稿费。范主任，你的文章写得真好，我一送去，他们就给发表了，我就靠这点稿费维持了生计，并取得这家报社的信任，要我到湖南来当记者站的站长。"

我一听愣了，连说了两句："你怎么能这样?!"他看到我那不爽的样子，连连道歉，解释说："范主任，实在对不起，当时我一个人孤身在外，举目无亲，实为无奈呀！"我听了之后，心想也是。当一个人迫于生计之苦时，做出一些出乎常理之事，也是情有可原的。

我想到自己：那是1982年冬，我从拉萨搭乘货车回湖南，到格尔木盆地，司机返回拉萨，而我身上剩下的钱还不够买一张回湖南的火车票。于是拿着在拉萨买的一床毛毯，站在大雪纷飞的格尔木市街头叫卖，遇到一位名叫钱么秀的好心大娘，若不是她把我叫到她家里，请我吃饭，安排我住宿，并给我200元钱，说不定我会冻死饿死在街头。我动了恻隐之心，不过，还是严肃地告诉他："你抄写我书里的散文，发表到报刊上，是一种侵权行为，违反了中华人民共和国的《版权法》，鉴于你主动向我认错，我也就不追究你了，但你要记住，这种事再也不能做了。"

易永强低着头，羞愧地说："那是，那是，谢谢你的宽宏大量，今后我再也不会了。"说完起身要走，我留他吃中饭，他婉言谢绝了，我也就算了。

几年之后。一天，我在街上偶然碰到了一副农民装束的易永强，我关切地问："你现在又在做什么？"他笑嘻嘻地告诉我，他现在在搞养殖业和种植业。他从外地引进了一些动物和植物，市场大，很值钱，并诚恳地邀请我有时间到他家去参观。我点了点头答应了，他也就匆匆忙忙地走了。望着他离去的背影，我心中涌起一种莫名其妙的感觉，感到是我的那次宽恕放他一马，使他改变了人生轨迹，他变得实在了。

让每寸生命都有寄托

有不少的朋友问我："人活在世上究竟有什么意思？每天为糊口而劳累奔波，还要受制约、受委屈。"我笑了笑，避而不答。因为人各有志。当自己的爱好、理想和追求受到某种环境的影响和限制时，失落和悲观是可以理解的。就拿我自己来说吧，在某个时候、某种环境之下，自己也思考过这种问题。只是现在见识多了，经历多了，能够从各种不同的角度去思考问题，逐渐形成了自己的人生观和思维方法。像这类问题一旦出现就会很快地消失。

然而，怎么才能不产生这种消极的思想呢？我的实践是，让每一天都有一个安排，让每一个月都有一个打算，让每一年都有一个目标，让生活的每一分、每一秒钟都有一个意念。这就是寄托。

我记得，我读书时，就盼望快点毕业参加工作，为父母亲减轻负担；下乡时，每天就想招工、征兵的一天；进了城，就想找一个漂亮的小姐；结了婚就盼望有一个聪明、漂亮的孩子；孩子出世了就盼望他快点长大成人。这一想一望几十年就过去了。这就是常人的寄托。

生活中有纵向的寄托，如人生几大阶段的渴望；也有横向的寄托，一天或一段时间内的自己想做的某件事情。把无数个横向的寄托相加，就等于一个人的命运。也就是说，人生的成败、荣辱与一个人的寄托有着密切的关系。

由此，我认为：一个人每天、每个星期，都要有一个正确的寄托。从寄托到实现这个过程中，就得付出，许多的付出才会有收获。一个人有了收获，就自然而然地感到生活有意义了。

圈定人生之路

人，或美或丑，或胖或瘦，或高或矮，都是一个脑袋，两只胳膊，两条腿。但是人的富贵、荣辱却有天壤之别。有的生活在天堂，有的如同在地狱；有的朱门酒肉臭，有的饥寒交迫；有的逍遥自在，有的如牛负重；有的长相一样却经历完全两样；有的同年同月同日生，却不同命运……

人生的轨迹是自己走出来的，圈定自己的人生之路，就等于安排自己的命运。

我生在一个普普通通的家庭，父母都是平民百姓，他们凭自己的劳力赚取微薄的工资养家糊口。我是吃萝卜、白菜、咸菜长大的，我最能感受穷人的滋味，最能体味他们对金钱的渴望和需求。在我们生活的那个年代，这种渴望都被某种思想所代替，所淹没，那时的人甘于贫穷，乐于奉献。我的母亲从一个家庭妇女到一个女工，后又成为一个女厂长。那时厂长的待遇与工人一样，而奉献却不一样。我记得那是一个大热天，母亲将我们家唯一一床蚊帐拿到工厂去给值夜班的工人用，我们当儿女的却被蚊子咬得到处都是疙瘩。看看现在有些为官不仁者，他们只会想尽办法，从单位贪污几十万元、上百万元甚至上千万元，而对下岗工人却冷漠无情。

贫穷和富有都不应成为做人的包袱，不应该成为拜金的理由，儿时母亲常教导我们哪怕地上掉了一根针也不要去捡，别人家再富有也不要去望。有一次我跟父母去走人家，我看到这家人家好多新被子，好多箱子，惹得我两只眼睛不停地看。回家后被母亲训了一顿，说："到处看什么？叫你跟在后面不要东张西望。"现在想起来那又怎会不望呢？因为那时我们家除了一张破床，一只又小又烂的樟木箱，几乎一贫如洗。也许是母亲的教诲，从那时起我就不再羡慕别人的富有，我只会思考我能干什么，现在干什么，下一步我又该干什么。

我的十七八岁，正处于毛泽东时代，那时我们无法选择自己的路，只能随着指挥棒转；到了 25 岁进入邓小平时代，这是个大变革的时代，在人事方面松动了。我开始寻找适合自己生存的空间，反复跳槽求职。我一次又一次在十字街头徘徊，一次又一次给自己圈定目标。

在我一生中做过不少傻事、错事，但我从不后悔，因为做过的事总比没做过的多一份了解，多一份经历。从下乡当知青，大学当学生，学校当教师，企业当总经理，报社当记者，机关当公务员，可以看到我的人生轨迹。人生有许多条路自己可以“圈”但不一定能“定”，这有内在原因，也有外部影响。如我本可以一帆风顺地进入省府，却没想到半路杀出个程咬金，结果没去成。但我没有后悔，因为我已有重新再圈一条适合自己的路，定一个新的奋斗目标的能力。

人生是尝

人的口味各自不同，是因每个人的性格、经历、阅历不同而不同的。有的人喜欢吃甜的，有的人喜欢吃咸的，有的人喜欢吃酸的，有的人喜欢吃辣的，真是数不胜数。然而，人也是如此，有的人直率，有的人委婉，有的人刚烈，有的人柔顺，有的人狡诈，有的人憨厚，真是形形色色。人的口味有时也能看出一个人的性格：喜欢吃咸的人比较憨厚，这种人基本是劳动者，他们每日挥汗如雨，需要增加体力；喜欢吃辣的人大脑皮层常受刺激，性情比较急躁，但又比较灵活。

饮食往往可以看出一个人的一生，我就有一个口味变化的过程。

小时候家庭贫寒，常常一点辣椒、咸菜打发米饭，虽然天天想肉吃，吃肉时还是念着咸菜；下乡时更是不管吃什么都有味，因常常处于饥饿状态。读书、教书的年代口味变淡了，因为书生需要修身养性；到机关后，对于吃什么都不很在乎了。口味的变化与人生活的改变似乎有那么一点相关，又似乎有那么一点不同。当我写这篇文章时，我陡然产生了一种怀旧感，怀念儿时、怀念下乡时那永远也吃不饱的肚子，那时吃什么都香、吃什么都甜、吃什么都有滋有味。尝是每个人一生的红线，它始终贯穿人的整个生命，只要这个人一息尚存，就得去品味。劳力者的品尝大多是从口中得到什么就感受到什么，他们的烦恼，有时在食物中消化了，如喝酒、抽烟；有时在繁重的体力劳动的号子声中得到宣泄；有时在与家人的交谈中倾诉。而劳心者则将人生的品味寄予翰墨、琴、棋、书、画之中，或是将其身徘徊于山水之间。

有的人说他的一生很平淡，其实每个人都吃过难以消化的东西，这东西就是人生的烦恼，而要使它消化又得品尝人生一味。我说这个世界没有平淡者，也没有常乐者。

人生是尝，尝菜、尝水果、品茶、品人生。人生是尝，只有主动去品尝，才能活得丰富，活得潇洒。怕去尝试，怕去品味的人，永远也无法知道人生的滋味。

说艰难道自信

艰难，你像一个重病人，垂着头，喘着粗气，紧贴在我身后，使我感到压抑、困惑，使我每前进一步都要陷出一个深深的脚印。有时，我只想小憩片刻，坐在小小的石板上喝一杯清凉的泉水，你却不让我有片刻的安宁，你用你那无情的重量压迫着我，鞭挞着我，使我无法直起腰来。

人说孙悟空有72变，我说艰难有108变，它一会儿可变成一块巨石，挡住人们的去路；一会儿变成一团烟雾，迷乱人们的视线；一会儿变成一条美女蛇，诱惑人们的心灵；一会儿变成一只苍蝇，一片沼泽……使人不寒而栗。

谁不想摆脱艰难潇潇洒洒走一回？可是，每当我躲过一个艰难，另一个艰难紧接着又跟了上来，叫人好不烦躁。不过，有时我也喜欢你，因为每同艰难交往一次，我就成熟了许多。也正因为常与你共存，我能在苦难中煎熬，能在大风大浪中磨炼，能在阴险狡诈人中周旋，能变被动为主动。

艰难，你是我的对手，也是我的朋友，是你无数次的出现，无数次的折磨，使我的意志变得坚韧，对今后的人生充满了自信。

人生蹉跎算几何

谁也不敢吹这个牛皮，我小时候没有摔过一次跤；谁也不敢说这个大话，在我一生中没做过一件错事。有句俗话：“金无足赤，人无完人。”一个人做了错事，自己要认真分析，正确对待，绝不能因为自己有了过失而一蹶不振。

一个人做了错事之后，有一种悲观和负重感，甚至成天生活在别人的白眼和奚落之中。

是让痛苦的毒蛇紧紧地缠着自己，或将自己成天泡在痛苦的苦水里呻吟，还是重新认识人生，正确对待人生，扬起生活的风帆，改正错误呢?

一个人做了错事就自暴自弃，破罐子破摔，这个人只是懦夫，永世也抬不起头来。如果下决心改，更能重振雄风，可算得上是一个了不起的人。这也就是说一个人可怕的不是他犯过错误，而是犯了错误后没有勇气改正错误。

江河要弯过许多湾，越过许多暗礁，但它仍奔腾不息向前进。人生也像江河一样，不要苛求别人完美，也不应该去勉强自己高大。生活就是这样，酸、甜、苦、辣样样有，人生蹉跎又算得了什么呢！振奋精神，为祖国和人民多做有益的事，这样才显得可爱。

人生无须放弃

在我即将走出校门步入社会时，有两位“哲学家”曾给过我告诫。一个奉告说：“嘴上无毛的年轻人要稳重，少说话多做事，给人的第一印象要好，这样，你以后就会前程似锦。”另一个则鼓动道：“初出茅庐的小伙子不要前怕狼后怕虎，要敢闯，跌跤会使你长见识，积累生活经验。到了50岁忽然灾难临头时才真可怕，这样的人没有学过如何重新做起，这个时候来学，年纪已太大了。”我似乎接受了这两位的有些矛盾的至理名言。在茫然中我启动了人生的航船。

波澜壮阔的人生海洋，形形色色的生活诱惑着年轻的生命。我不顾老人的劝阻，像堂吉诃德一样，依然去闯荡天下，去证明自己的价值。一阵欣喜，一缕惊奇，接着便是碰得头破血流。伤痕累累的我，像一只受伤的小兔子，战战兢兢，忏悔自己的鲁莽和过失，布满眼眶的泪水旋转着难支的忧伤。但是，一旦自己伤口愈合，血气又往上升，那张一时被拿下的“猛虎下山”图，又高高挂在书桌前的墙壁上……

荆棘一次次划破我娇嫩的皮肤，崎岖的山径上我累得气喘吁吁，我有过“会当凌绝顶，一览众山小”的奢望，也由于失望而暂时放弃。然而，人生的海洋里不可能、也不允许我气馁，不可能、也不允许我放弃。而立之年过后，我又开始搏击，因为在无数次的摔打中，我瘦小的双腿和胳膊已经粗壮，再也不会风一吹就摇晃。

于是，又一位“哲学家”忠告我说：“如果你勇于承担，那就会有无数的麻烦。”但我直接回敬了他一句：“没关系，因为我已经有承受‘麻烦’的经验和能力。”

人要相信自己

相信自己。这或许会有人感到好笑，难道天下人还有自己不相信自己的吗？是的，这话讲起来容易，而做起来却难矣。

相信自己，并不等于了解自己，如你不信，且听我慢慢道来……

我曾经认识一个人，他有过硬的机械知识，又掌握了电工、机修、驾驶等多种技能，并且能说会道，人缘关系也不错。他曾在我耳边不下几十次地说他要干大事，要下海去办汽车修理厂。我相信他，因为在我与他的接触中，我相信他办一家汽车修理厂准能发财。他每次说时都津津乐道，可是一年、两年过去了，许多没有他这些优势的人却开了汽修厂发了财，而他仍是一家濒临倒闭的国有企业的小职员。后来，他再在我耳边说东道西时，我就不听了。你看，他这个人相不相信自己呢？从这个人的身上，我们不难看出，相信自己，既要对自己有一个正确的评估，而且还要对周围的环境有个正确的认识。同时，光敢想敢说还不行，重要的是还要敢干。如果光会想光会说不付诸行动，你想的再好，说的再漂亮，也等于零。反之，这就是不相信和不认识自己。

说到这，使我想起一次单位派我到南京学习现代化管理十八法。我想管理方面的是文科知识，我学中文的应该没问题。可是，当我翻开书本就傻了眼，里面有许多概率学、微积分方面的数学知识。但是又一想，既来之则安之，相信自己一定能够学得好。于是我白天上课认真做笔记，晚上补习数学。结业考试时，我的成绩名列前六名。这件事使我认识到，一个人只要真正相信自己，许多事情就能够办得好，美好的愿望也能实现。

目前，我们国家正处在计划经济向市场经济转轨的关键时刻，旧的经济格局尚未完全打破，新的经济格局还未完全形成。每一个人都遇到了前所未有的挑战，怎么才能从这场没有刀光剑影的战斗中求生存、求发展呢？这就需要我们彻底认识自己、相信自己。我想，只要这样，就没有实现不了的宏图大业。

笑对人生

以前的我，用朋友的话来说："有书呆子气味。"做事瞻前顾后，说话吞吞吐吐，为人别别扭扭，活得好累、好难受。经过许多事情的变故，阅历了一些世态炎凉后，我渐渐对人生有了一个粗略的认识：人生美好而又短暂，要珍惜它，不妨笑一笑，潇潇洒洒、快快乐乐地度过。

我坦诚地告诉我所认识的每一个朋友，不必烦恼！为钱、为权、为名、为利，这些都是眼前的烟云，身外的缥缈之物。笑对人生吧，像老人一样慈祥地笑，像孩子一般天真地笑，像青春似的甜蜜地笑，有时不乏还要有点阿Q式的精神胜利的笑。人生太短暂了，命长的活百多岁，短的刚出生便夭折。活着的人还要遭受疾病、自然灾害的威胁。人与人之间为什么不能真诚相待、和睦相处呢？

我认为：为人在世，不必为丢失一件物品而懊丧；不必为他人一两句话或一两个不礼貌的举动而耿耿于怀；不必为一点权力或一点金钱而斤斤计较。那样生活只会使人过早地衰老，只会使人丧失信心和勇气。古人说：将军额头上能跑马，宰相肚里可撑船。一个人豁达、大度、开朗，笑口常开，有益于心身健康，有益于事业成功，有益于家庭和睦，有益于人生美好。

亲爱的朋友，你说我的看法对吧？对，请你笑对人生。

呼唤温柔

温柔，人性所特有。许多年前，红色风暴席卷神州，将它一个劲地驱赶，说它是小资产阶级的情调。它犹如一朵孤云，漂泊在冷清的天空，问一个一个小家庭，何时有归宿？

枕头边，夫妻互相指责对方是“保守派”；睡梦里，男女期待着抚摸和温柔。等来的却是争呀、辩呀，一个和睦的家庭，整天整夜“舌战”不休。

粗声粗气的原始人味儿、疑神疑鬼的精神病症人，人们的心冷了、硬了，女的变成了“铁姑娘”，男的变成了“钢铁汉”，一脸的阶级斗争！悲剧、恶作剧发生后，人们的心又在滴血、忏悔、哭泣，这究竟是怎么回事？家庭的细胞怎么这么脆弱？没有一点柔性、韧性。

风暴平息了，树静了，人宁了，大地恢复了常态。人们开始寻找，寻找风暴中的失落。卫星找到了自己正常运行的轨道，花儿找回了自己的色彩；人，有的找回了书本，苦苦攻读，有的找回了麻将，慢慢搓洗；然而，家庭却很难唤回——温柔。也可能几十年来各自都习惯了，似乎从头做起，反而觉得别扭。

痛苦呀！尴尬的家庭生活，人们从内心呼唤，归来吧，温柔！多一张笑脸、多一份情爱、多一点人间的天伦之乐！

人应生活在现实之中

有些人在接受艺术熏陶之后，不是把自己放在荧屏前，而是钻进电视机中，成天昏昏沉沉。

《追捕》上演后，许多女士就生硬地要求自己的男朋友或丈夫像高仓健，坚韧、顽强，有性格；《渴望》放映后，一些男士就刻薄地要求自己的女朋友或妻子像刘慧芳，贤惠、温柔、多情善感。对对方的一言一行总拿剧中的人物去比较，这一比，总认为自己身边的不合意，不顺眼。无事生端，将一个本来很相配的对象或一个和睦、幸福的家庭搞得不欢而散。

电视中的人物和生活与现实中的人物和生活毕竟有差距，电视剧人物是人们理想化的人物，它来源于生活，又高于生活，是艺术的再现，而现实中的人要一天一天打发日子，吃、住、拉、撒样样实在，件件平淡。

因此，我认为：人应生活在现实中，而不要生活在电视机里，要正确理解艺术，正确对待人生，只有这样，才能做一个开心的人，找到自己生活的位置和奋斗目标。

梦见毛泽东

睡梦中，我迷迷蒙蒙地看见毛泽东从纪念堂里走出来，那魁梧的体魄把北京所有的高楼都比矮，他用炯炯有神的眼睛环顾五湖四海，疑惑、惊奇、欢乐，在他安息16年后的今天，天安门城楼上他的巨幅画像还安在。

毛泽东迈着健步从纪念堂里走出来，他来到深圳、珠海，惊诧地问自己：这些摩天大楼从何处搬来？在他的记忆中只有香港才有如此繁华，是否自己的步子太大，一步迈出了中英街？毛泽东用手指往后理了理头发，没错，这是我们伟大的中华，大而美的方块字嵌满了宾馆、商场、酒家，没错。毛泽东又来到大上海，站在那高耸入云的钟楼上，看到那比南京长江大桥还要壮观的浦东大桥，疑是天上的彩虹落到了人间，他将眼微闭，再定睛细看，这是大桥，它横跨长江，把大上海连接得更大。毛泽东来到韶山冲，他曾经与乡亲们坐在一起抽烟喝茶的地方挂着“毛家饭店”的招牌，曾经的泥腿子，殷勤地接待着五湖四海的来宾，落落大方地与黑头发谈发财，客客气气地收蓝眼睛们的花花绿绿票子，毛泽东从口袋掏出一包“中华”烟，点燃一支，深深地吸了一口，这些泥腿子也变了，西装革履，真像过去的“资本家”。毛泽东低下头问我：“小伙子，你这个机关干部怎么样?”我沉思片刻，踮起脚轻轻地对他老人家说：“我也准备‘下海’。”毛泽东高兴了，说：“下海好，年轻人到大江大河大海去锻炼，这是我一贯提倡的。”变了，中国。人变得更加革命，国变得更加富强，毛泽东心潮澎湃。

毛泽东欣慰地笑了，看来第二代、第三代搞社会主义建设有能耐。“我可以放心地同马、恩、列、斯一起去喝酒聊天了。”毛泽东自言自语道。

瞬间，毛泽东消失在茫茫的云海之中……

王安石与汤显祖

大学读书时，我们学了汤显祖写的戏剧《牡丹亭》，剧中杜丽娘与柳梦梅的爱情故事感人肺腑。

汤显祖（1550—1616），字义仍，号若士，出生于江西临川一个“书香”人家，明朝万历十一年（1583）进士，宣礼部主事。其实天空适有彗星出现，他认为这种天象，是因为朝廷“信用私人，闭塞贤路”所示的灾异，乃上本提出意见，主要为弹劾当时宰相申时行。朝廷览奏，大为震惊，立刻将他贬为广东徐闻典史，以后又升他做遂昌县知县。他干了没多久，便自动弹劾自己，罢职回乡，以他这段经历而论，汤显祖是一个颇有风骨而不畏强权的人。

1995 年春节期间，我同父母携妻儿一起开车回江西老家临川，专程拜访了古代最闻名的两个人物的故居。一个是宋朝的宰相王安石，另一个是明朝的戏剧家汤显祖。王安石的故居古朴典雅，汤显祖的故居秀丽精致。

汤显祖的故居，一进门是汤显祖的一尊彩色塑像，背景是一块以他的作品临川四梦的内容创作的巨型浮雕，形象栩栩如生，看到这幅浮雕就会使人联想到他创作的《紫钗记》、《南柯记》、《邯郸记》、《牡丹亭》这四部充满梦幻般的浪漫戏剧。

在参观王安石和汤显祖故居之后，我把他俩作了一个比较，他俩不同的是：王安石官位显赫，不附庸朝廷，有自己的政治主张，但他生不逢时，他的超前政治主张在封建王朝里得不到实施，治国才华得不到张扬；汤显祖辞官为民，走自己的路，自己的理想在戏剧里却得到了宣泄。但他们都有临川人共同的特点：为追求真理，不畏强权，不怕砍头，傲骨凛然。

王安石与汤显祖，一个是想通过政治主张来改变社会，另一个在自己的政治主张得不到施展后，主动放弃官位，通过文学来改变社会。列宁曾高度评价王安石是中国 11 世纪的伟大改革家；汤显祖被誉为我国古代最浪漫的戏剧家，中国的莎士比亚。王安石政治上的远见卓识与汤显祖文学上的登峰造极实为后人所敬仰。他们的思想和作品在当时虽然受到制约，但他们的超前政治主张和执政理念以及他们优秀的品质和个人魅力，对后人有着极其深刻的影响。

从王安石、汤显祖的故居回来后，我认真地翻阅了一下历史书籍，深切地感到无论是政治家、思想家、文学家还是艺术家，只有与人民的利益相结合，才能释放出永恒的光芒。

文哥

文哥，你们别以为他比我大，其实，他比我小七八岁。但他的朋友不分老幼，都这么称呼他。

我认识他是一个偶然的机会。一次，由于工作中出现了误差，单位经济处于窘迫之中，四处求人借钱。春节期间，我几乎打遍了全城银行家的电话，然而平时客客气气的人，一见是这事，不是三缄其口，就是借故推脱。这时，我从一叠名片中找到了文哥的名片，抱着试一试的态度，决定打最后一个电话。当我用无可奈何的口气说完最后一个字时，没想到文哥没有提出任何要求，答应我第二天来看看……于是，我们就这样相识了。

我的朋友有的也是文哥的朋友，文哥有时也把他的朋友介绍给我，当我问他们为什么也这么称呼他时，大家都说他是一个侠肝义胆之士，也是一个才智超群之人。在进一步与文哥交往之中，我发现文哥虽然年轻，却是一个做事、为人、社交很有分寸的人。他不像电视、小说中描绘的传奇式人物满身的江湖义气，也不像社会上的老板一肚子虚情假意。他做事踏实，为人厚道，对朋友真诚，处理事情很有长者风范。

记得有一次，他用电话约我到他的办公室，我去了，待我坐定他便开口了："不知我该不该说，不过，我说出来也许对你有点用。"我一听心里就清楚。上个星期我因工作位置问题与人吵了架，事后，还感到自己十分委屈。他可能从我忽闪忽闪的眼神看出我在回忆他要讲的事。"你在处理问题时过于急躁了，如果当时你换一种方式，与对方推心置腹地谈一次，可能效果会比较好。"他的话讲得很平淡，却句句敲打着我的心。自从那次文哥同我谈话之后，我每逢在处理棘手问题上快要犯毛病时，马上想到是否换一种方式，没想到这一招还真奏效，许多问题都迎刃而解了。

也许有人说，你谈了半天文哥，大家连他是什么样子都不清楚。文哥长得很平常，眼睛、鼻子、眉毛与常人无异，但他那聪明的大脑袋剃着很有特色的小平头，至于其尊名，我还是告诉你们吧。他叫文爱华。

如醉如痴绘春光

第一次与李建华接触，就发现他说话底气很足，声音洪亮。后来我还发现他的模仿能力很强，能讲几句粤语、闽话，不时还从口中溜出一两句“日本鬼子”的话。

第二次见面，我发现李建华讲话直率、风趣、好结交且又随和。

一个星期后，我了解到李建华不仅是报社美术组版编辑，还了解到他是一个执着追求的青年画家。以前他画的画我没有见过，但从电视上、报纸里见到过他画的《环球风光》国画长卷，使人咋舌的是该画208米长，画中有50多个国家的风景名胜。作品既顾及地理位置的依序连接，又采用多种手法和技巧使各个景点相互融合，浑然一体，毫无断笔的痕迹，整幅长卷兼工带写，色墨交融，揉国画、水粉、水彩技法于一炉，大笔出其宏伟，小饰妆其细腻，气势壮观，绚丽多彩，具有强烈的视觉冲击力，使人恍若置身于世界名胜之旅。这幅国画长卷在中国尚属首卷，世界罕见。这幅画的问世不是偶然的，在此之前，他创造过许多优秀作品，如《五百世界名犬图》等，不少作品已流传到美国、日本、德国、中国台湾、香港等国家和地区，还在全国50多家报纸、杂志上发表了多幅作品。

由于我们祖籍都在江西，很快就成了朋友，于是，对李建华的了解就更多了。

李建华从小就酷爱绘画，他拿着铅笔在废纸上画花，鲜花鲜艳欲滴；画小鸟，小鸟振翅欲飞。父母见他有这份天赋，就请了一位会绘画的老师教他。老师见他有灵气，就倾囊而授，后来老师发现自己的能力已无法满足李建华的要求，就要他另拜高师。正在此时，他被上山下乡的风吹进了攸县的小山沟，攸县农村美妙绮丽的山水，给李建华带来了更多的灵气，壮美的山河，田园风光，让李建华如痴如醉，在劳动休息时，在夜晚的煤油灯下，他一个劲地画。农民是最好的鉴赏家，李建华会绘画的消息一下传遍生产队、全公社，后来县里也晓得了，就请他到县城去搞美术装饰；消息又传到省城，五六个需要绘画人才的单位先后来到攸县，李建华选中了长沙市花纸印刷厂，因为这个单位答应他从事瓷花工艺美术设计，专业对口，李建华背着背包又回到了长沙，后来又调到湖南经济报社担任美术编辑。

环境变了，李建华对绘画艺术的追求没有变，他说美术设计是我热爱的工作，美术创作是我追求的事业。在报社他是一位好美编，勤勤恳恳、认认真真地设计好每一个版面。回到家里他是一位画痴，挥毫泼墨，废寝忘食。功夫不负有心人，二十多年的努力，李建华终于从众多的绘画人才中脱颖而出，一幅 208 米环球风光国画长卷问世，展示了李建华的才华。他的老丈人听说省电视台拍了他的专访，还不相信是真的。是真的，这些年，亲朋好友都说他痴了，没出息，然而当他有出息了，却又不敢相信，可见，这是多么心酸的一幕。

然而，李建华就是李建华，尽管含辛茹苦，尽管事业有成，但是他仍然痴心不改，绘画不已。相信他在不久的将来，会有更多的佳品问世。

画家徐芝麟

认识徐芝麟正好十年了，那时我担任《湖南人在深圳》的副主编，应一个湘籍民营企业家的要求，请湖南的画家到深圳交流。我当时邀请了五位湖南省知名画家，其中就有徐芝麟。

徐芝麟当时七十多岁，人长得白净，看去只有六十多岁的样子，他的善谈、博学、乐观、谦虚、幽默给了我深刻印象。后来了解到徐芝麟和我一样，祖籍都是江西，于是我们就更加亲切了。他告诉我他四五岁就开始学写毛笔字、画画，几十年从未间断过。徐芝麟曾经担任过长沙市文化局的局长，湖南省书画家协会副主席。他的画和字都特别漂亮，特别是人物画十分传神，黄兴路步行街上的铜雕中就有他的作品。

徐芝麟有大家之风范，他在创作一幅作品的时候，要翻阅大量书籍，特别是古代人物，他更注重寻找人物的典故。他创作的每一个古代人物的画作，不仅可以让人们欣赏到画的神韵，还能读到一部历史，这可能是任何画家都无法达到的境界。

他曾经送给我一幅画《唐太宗》。那天他把画送到我办公室的时候，他说：你不知道吧，为了画这幅画，我查阅了唐代许多资料，才构想了这幅画面。画的主体是李世民骑着高头大马，背景是大雁塔、飞雁和唐代人崇拜的幸运鸟，还有飞翔的唐代美女。接过画，我爱不释手，仔细品味，只见画面构思巧妙，主题突出，人物丰满，背景丰富。特别是下面一行文字，十分精炼地介绍了唐太宗的执政理念、政绩。“画如其人”，这个时候我才真正感受到这四个字的含义，也只有这个时候，我才知道当一个著名画家的分量和不易。

徐芝麟的许多画作被国家博物馆收藏，如《人民公仆——周恩来》、《竹林七君子》等。徐芝麟现在已经八十多岁了，他的精神依然饱满，谈吐依然幽默，只是动笔的时间比以前少了一点。愿徐芝麟老画家健康长寿。

许家印与他的王国

我有三个爱好。第一是爱写作；第二是爱汽车；第三是爱房子。爱写作是我的职业病，由于从小喜欢文学，读大学学的也是中文，毕业后又长期从事文字工作，一天不写心里、手头痒痒的。我喜欢汽车，是因为喜欢驾驭，那风驰电掣、驰骋千里的感觉让我灵感奔放。我喜欢房子，是因为我老爸是一个建筑工人，我很小就看到老爸和他的同事们，用一块砖一块砖，像魔术师一样把它们变成一栋一栋漂亮的房子。

闲暇时我喜欢去两个地方，一是驾车去人少的荒山野岭，呼吸新鲜空气，欣赏一下自然风景；二是到新开发的楼盘去，看看楼房的布局，看看楼房的房型，问一问价格，瞄一瞄漂亮的售楼小姐。说实话，我到过北京看楼盘，也到过深圳看楼盘；我看过小开发商的楼盘，也看过大开发商的楼盘。很多很多楼盘在我眼里都如过眼烟云，唯有恒大的楼盘，却深深扎根在我心里。

也许有人会问恒大给你多少好处？你这么替它宣传。其实，恒大不但没有给过我一分钱好处，甚至，它还赚了我的钱。也许有人会骂我傻瓜。错！爱一个人不求回报；爱一个物品，自然发自内心；何况恒大房地产开发的楼盘是我喜爱的那一款呢?!

我喜欢恒大的房子不仅仅是他们广告中宣传的内容，什么欧式风格，什么九A品牌，什么皇家园林，什么豪华精装，我还喜欢恒大的经营思想，为老百姓建房子，让老百姓能享受到贵族般的豪宅和优美的环境。它让我想到当年中国共产党打天下的口号：为天下穷人打仗，让天下穷人过上幸福生活。有人会“嘻嘻”发笑，那是开发商套用共产党的理论做的噱头，这你也相信，傻帽。我真的是傻帽吗？观恒大楼盘，从恒大的选址、楼盘内部景观的设计和绿化，楼房的布局，房子的户型，楼盘外墙色调、房子的装修以及房子的定价，可以说它都在践行自己的思想。在同等区域、同等位置、同等造型、同一个时期开发的房产中，恒大的房子优秀而实惠。

我没有见过许家印，没有同他们公司的任何一个高管打过交道，也没有到他们公司采访过。但是，我一直在关注恒大的发展，在剖析恒大的内涵，在研究恒大的成功。许家印和他缔造的房地产王国，是一个奇迹，但是，也是一个必然。因为许家印不仅仅是一个高明的开发商，一个高明的老板，他还是一个思想家、谋略家、金融家。

时来运转

在我年轻的时候，钟表是那么的昂贵，是那么的可望而不可即，当我看到别人家里有一面钟、别人手上戴着一块表的时候，心里就羡慕极了。假设我有一块手表那该有多好啊！然而时过境迁，到现在我已不知用过多少钟，戴过多少表了，有普通的，也有名贵的。也许物以稀为贵，多了也就不稀罕了，对于手表的兴趣已经荡然无存。

一次偶然的邂逅，我认识了时光钟表行的老板——孙建平，使我对钟表又产生了浓厚的兴趣。他是一位非常精明的老板，中等偏瘦的身材，消瘦的脸庞上写满了诚实、精干。他的普通话带有广东音调，只要他一开口便知道他是一个广东人。我没有经过商，但总认为商人是那么的深不可测，然而孙老板却使人感到他是那么谦虚、那么平易近人、那么的憨厚。他同你做生意你不会感到他是在赚取你的金钱，而是在为你服务、在跟你交朋友，他每售出一口钟、一块表，都会送给你一句吉祥语"时来运转"，使人听了感到那么的贴切、那么的舒服、那么的惬意。孙老板是一个非常精明、能干的老板，从店子选址、物品摆设、员工挑选、员工素质培训到售后服务，每一个环节他都想得非常周到。特别是售后服务简直让人无懈可击，仿佛像 110 一样，只要客户一个电话就马上派人上门服务。

孙老板是一个商人，也是一个值得信赖的朋友，我夫人退休之后，在政府旁边开了一个一搏酒家，作为商人的他毫无保留地传授经商的经验，从房屋装修、布局到如何为顾客开展一些免费服务谈了许多值得借鉴的经验。孙老板很健谈，然而每一句话经他说出来都是那么可信、那么实在，我夫人按照他的指点果然"时来运转"。孙老板是一个商人，也是一位文学素养、艺术素养造诣很高的人，他的店子虽然是卖钟表的，但是在他的布置下很有艺术色彩，人们走进他的店堂既能买到优质可靠的钟表，还可以欣赏到他那独具匠心的艺术风采。

孙老板经商是一流的，他只身来到株洲，用自己敏锐的目光投资于钟表行业并一举成功，可以说在株洲商界是一个奇迹。人们都知道钟表在 70 年代是人们渴求的，而进入 90 年代初，钟表行业中的许多经商者已偃旗息鼓，纷纷转向。然而在90年代末孙老板在株洲树起的这杆旗帜却飘扬得那么潇洒，的的确确是不容易的。我想他给株洲人带来的、销售的不仅仅是钟表，更是一部生意经，一面商界的红旗。

“时来运转”，孙建平来到株洲，像一面忠实、可信的、永远准时的时钟，高高地悬挂在株洲的上空，使人们看到商业该怎么经营，跨世纪的商人该怎么做。如果株洲拥有许多他这样的商人，株洲的经济也一定会“时来运转”。

和“蔡九哥”饮酒

好酒量！“蔡九哥”一杯酒一口，连干了三杯。我瞪着醉眼，真佩服他的豪爽。

这天，一个喜庆的宴会上，我与“蔡九哥”相识，才知道“蔡九哥”真名叫凌国康，是醴陵市烈士塔人，烧窑出身。烧窑练就了他一副好的身板，也练就了他一副好嗓门。我见到他时，他已不是《打铜锣》中那个潇洒的模样了。他头发斑白，身体肥胖。但使人记忆犹新的是，说话仍然那么诙谐，声音仍然那么雄浑。

“父母官，干！我舍命陪君子。”他举着酒杯，冲着醴陵市一位领导干部幽默地嚷道。酒场上的“蔡九哥”一下子就进入了角色，此时在座的都觉得汗颜。“蔡九哥”饮酒开心，敬酒也逗人开心。在觥筹交错中，没有酒量的我，也硬着喉咙连干了三杯。在我惺忪的酒眼里，“蔡九哥”又变成了舞台上那个滑稽可笑的形象。我心里好笑：蔡九哥、蔡九哥，当年你打铜锣没栽倒在林十娘的石榴裙下，这回你喝酒，却休想逃掉。我们几个伙伴商量，与“蔡九哥”干一场。在他与别人干过一杯后，我们再次以《打铜锣》的崇拜者，敬他三杯。

不愧为“蔡九哥”，他还真有点警觉，连推代谢、软硬兼施地耍赖，捂着杯子说：“我‘蔡九哥’已不是从前了，现在在省花鼓剧院培养第二代‘蔡九哥’，谢谢各位抬举。”他久久不肯举杯，我们几个穷追不舍：“哎，你是中国闻名的‘九哥’、湖南著名艺术家之一，这杯酒你不喝，怎么对得起你的……”

“蔡九哥”抵挡得住林十娘一个人的花言巧语，可在三四个人的“围攻”、“夹攻”和恭维下，他妥协了，潇洒地举起酒杯，来一个“喧宾夺主”，干脆利落地连喝了两杯。

“好酒量！”酒桌上一阵欢乐的喝彩声。

“蔡九哥”醉了。最后，我们要他签名留念，他连自己的电话号码也记不起来了。

真是个“蔡九癫子”！

感动，常德人钱幺秀

常德德山山有德，长沙沙水水无沙。这副对联不知出自谁的手，对得如此工整、如此到位，堪称上乘佳品，我认为最贴切最真实的是常德德山山有德。我对常德人印象最好，因为我多次处于危难中，其中就有四次是常德人帮我解的危。

1982年冬，我没有向领导报告，就悄悄地乘上一辆从拉萨运货到格尔木的货车，本想再乘火车回湖南，由于天下着大雪，车子一路上走了十多天才到达格尔木市。

格尔木是一个盆地。当时是冬天，气温很低，城市到处都是白雪皑皑，看不到任何绿色植物。

我同司机在简陋的招待所住了一夜，第二天一早司机就走了，只留下我一个人。这时，我已身无分文，从青海格尔木盆地到湖南株洲相隔着千山万水，我只好拿出一床从西藏购买的纯羊毛毛毯，想到外面当两个回家的盘缠。我在大街上问了好几个人都不要，怀抱着毛毯绝望地望着这座陌生的城市，心中无限惆怅。格尔木盆地地处青海，风沙很大，植物很少，冬季白雪皑皑，我看到一棵全身被寒风吹得没有一片叶子的树，感触很深，泪水禁不住往下落。

这时，一位看上去四十多快五十岁的大娘从我身边经过，问我："你的这床毛毯是不是要卖？"我一听破涕为笑，赶紧说："大娘，我不是做毛毯生意的，我是湖南人，钱用完了，想把它换两个钱做路费回家。"大娘格外亲切地说："你是湖南人？我也是湖南人！我告诉你，我们这里毛毯很多，没人要。走吧，到我家去坐坐。"

大娘把我领到她的家，同我拉起了家常。她是常德市德山人，50年代初为响应毛主席的号召，支援边疆建设，她同新婚丈夫一起来到格尔木市。她说她生有两女一男，一晃几十年过去了，她的儿女都长大成人了，都参加工作了，大女儿明年结婚。我由于十多天没洗澡，又是从西藏回来的，身上一股臭味，大娘烧了一大盆热水让我洗了个澡，并在她家住了一夜。第二天，大娘给了我200元钱，100元给我做路费，另100元请我帮她买两床湘绣被面，她说女儿结婚要用，我感动得泪水直流。她给我留下了地址和姓名，我永远不会忘记这位善良大娘的名字——钱幺秀。回家后，我第一件事就是帮大娘买了两床湘绣被面，并把被面和200元钱一起寄了过去。

一晃又十多年过去了，由于工作不断调动，也没有再联系钱幺秀大娘了。但是，每到春节前夕，我就会想起钱大娘，我衷心祝她老人家长命百岁，幸福万年长。

蒋静

蒋静，我是通过欧明生认识的。那天，我到深圳市出差，顺便到欧明生那里去了一趟。欧明生见我来了自然很高兴，他说要帮我介绍一个从永州饺远县到深圳做家具的老板叫欧利辉，事业做得很大，产品主要销往国外。他这么一说，我也就来兴趣了。欧明生又说："今天他请我们吃中饭，一起去?"我问道："去哪里?"欧明生说："东莞大岭镇新塘村。"我以为不远，结果开了一个多小时车，问了几个人才找到吃饭的酒家。我们进去时，包厢里已坐有六个人，两个台湾的，一个广州广告公司的，一个欧总办公室的主任，坐在欧总左手边那个人便是蒋静。加上我、欧明生、金刚和司机正好十个人。先是相互交流名片，欧明生又将我吹捧了一番："他是省里来的……"他们把注意力集中到我身上。初次与他们见面，我也只能由欧明生胡侃一顿，不过好在欧明生的介绍也没有出格。接着欧明生又说："蒋大哥讲义气，听说欧总到这里来，特地从公明赶过来的啰。"这时我的眼睛才转到蒋静身上。

蒋静中等个子，但身子很厚实，看上去就有一股虎劲，浓眉大眼，密密的头发自然卷曲，脸可能刮了一两天，挂腮胡若隐若现。从他的长相中可以看出，他厚道中不乏机灵，刚毅中不缺温柔，是一个有胆有识、讲情讲义之人。那天大家都谈得尽兴，喝得也尽兴。因为我不胜酒量，第一个败下桌去。他们却还在那里喝，在那里侃，侃些什么，喝了多少，我就不知道了。等我稍微脑袋不胀痛时，已是下午四点多了。我们一行十人又来到欧利辉的工厂。欧利辉的办公室很气派，大约有100多个平方，大家在他办公室坐了一会儿，欧总便安排他的副手带我们去看他的产品展览室，蒋静坐在沙发上没起身。

我们走进去一看，两千多平方的房子里陈列着各式各样的欧美家具，这里给我的感觉是：这不是在家具展览室，而是在欧美的艺术殿堂。有衣柜、沙发、茶几、酒吧台、床，件件做工精细考究，产品上雕刻的花纹和绘画十分典雅别致。

从家具展览室回到办公室，我发现蒋静不见了。我问旁边的人，他们说："上卫生间了。"我又问："有多长时间了？"他们回答："大约半个小时了。"接着又说："没问题，只是喝多了一点。"大约又过了一刻钟，我见蒋静还没有出来，就到卫生间去敲门，没有动静。我马上把欧明生和两个台湾朋友叫着，喊了好久门都没开，我就叫他们拿锤子来把门锁砸烂。只见蒋静横倒在门边，两个台湾人侧着身进去把他抬了出来，放到办公室的沙发上。我见蒋静脸色苍白，浑身无力，像一摊烂泥一样，我在他头上、颈上、背上按了按。他稍微好了点，嘴里却不停地说："太可怕了，太可怕了。"欧总派人把他送去医院打点滴，欧明生也去了。

欧明生回来说，他今天喝得太多了。就这样，我认识了蒋静。后来我又去了几趟深圳宝安，每次去欧明生总要打电话告诉蒋静说我来了。蒋静不论多忙也要抽出时间来陪我，请我吃饭，唱歌。经过几次交往，我发现蒋静是个孝子，他很尊重父母。他上有姐姐下有弟妹，条件都还可以，他却把父母从乡下接到深圳宝安来住，他同我说："我有什么心事都喜欢跟妈妈说，有时候我同母亲谈到深夜。我妈妈很理解我，知道我做得很辛苦，有时我想放弃算了，反正已经够吃够用了。母亲说人生不光是吃、用，更重要的是为社会多做点事。母亲很理解我，她知道我是不会放弃的。我同母亲谈到生意失败了怎么办？我母亲开朗地说：'没关系，大不了我们又同老家种地去。'"蒋静的母亲我没有见过，想必也是一位伟大的母亲。正因为她教子有方，才产生出一位敢闯、敢干、敢想，拥有丰厚资产的儿子。

蒋静的成功，也得益于他的为人。欧明生同我讲了这么一个故事。从茂名国营农场出来后，蒋静曾在台湾老板办的一家公司当副老总，由于台湾老板初入大陆投资，许多情况不可能很熟，工厂出现亏损。台湾老板四处借钱，却无人伸出援助之手。最后他找到蒋静，他二话没说，从家里拿出一个存折交给台湾老板，说："我也不知道这个折子上有多少钱，你留出300元给我吃饭，其他的你全取去。"台湾老板如同快淹死的人得到了一个救生圈，马上用这笔钱把工厂又玩转了。也正因为这件事，蒋静当老板之后，台湾老板一直是他的忠实伙伴。蒋静也通过香港的、日本的朋友引进了项目，这样他的企业发展态势很好。别人戏说道："他原来同台湾人打工，现在台湾人同他打工了。"外来的因素只能起催化作用，而自身的聪明才智才是他致富的根本因素。

蒋静办了两家公司、五家工厂，厦门一家、苏州一家，宝安、公明有三家，如果按别人的搞法他是一个集团公司的董事长。但他很稳，每一家都是相对独立的。他告诉我说："我的每一个企业都有一道隔离墙，都有一个保障线，主要是防止骨牌效应的发生。万一有一家不行，不会波及其他的工厂。"蒋静这一手很高明，值得许多企业，尤其是内地企业借鉴，现在很多企业家大脑发热，总想一夜间成为李嘉诚和比尔·盖茨。有雄心纵然不错，但如果脚跟还没站稳，基础是虚的，只要一有什么风暴，突然坍塌是无疑的。但蒋静并不是不想做大，他说等数个企业都能像磐石一样立起来，到那时再图大业也不迟。他现在正在清华大学在深圳开的总裁班学习，可见他的抱负。

成功者都有过失败的痛苦。懦夫被失败击倒之后一蹶不振，勇士则在失败和困难面前坦然相对，直面现实。蒋静属于后者。有人同我讲了关于他的这么一个故事。创业初期，他和一个老板合作办了一家工厂，由于对市场了解不够，工厂停停开开，没有效益。到春节时，债主、供货商纷纷上门讨债，他们被逼得无路可走，大年三十晚，两个人带着一条香烟躲在工厂的后山上，整整吸了一条烟，想了一个晚上，也讨论了一个晚上，最后他们两人达成共识，克服一切困难，坚持干下去。第二天，太阳刚从东方升起，他们丢掉最后一个烟蒂，勇敢地下山回到工厂，坦诚地给债主一个满意的答复。蒋静人缘很好，信誉更好。只要答应别人的事，他总是千方百计想办法帮别人办到。因此，他朋友很多，有中国台湾的、香港的、日本的，还有许多内地的。他的生意也做得很活，他投资一个工厂，9个月就收回了成本。蒋静为人也很慷慨，只要别人找他帮忙，他都尽可能满足别人的要求。那天，我到蒋静的一家工厂去，一个开着小轿车的潮州老板找他，说业务量不够，是否可以从他的工厂匀点事做做，按生意人的说法，同行相嫉，怕你不死，你死了我更好。然而，蒋静却一口答应了。我们在场的人都有点想不通，他却笑呵呵地说："钱嘛，大家一起赚。"

蒋静看起来很大方，那只是对朋友，其实他对自己很吝啬。那天他邀请我去参加五嶷山文化教育基金会，为永州贫困学生捐款，他一个人就捐了两万，而他自己平时一个盒饭就打发了。别人同我讲了这么一个故事。有一次中午，他同司机两人开着本田雅阁外出办事，到吃饭的时间，他们就停在一个盒饭店，一人要了一个1.5元钱的盒饭，付款时，店老板硬是不肯要，说："你能到我们这里吃饭，就很给面子了。无形中给我做了个活广告，这钱我不能收。"蒋静无法，只好把钱一放，开车走了。

卖馒头的女人

我们小区经常可以听到一个安徽女人吆喝卖馒头的声音。早上一次，晚上一次，无论刮风下雨，无论烈日炎炎，无论天寒地冻，吆喝声从未间断过。

买馒头的人看到这个女人面色不好，肚子也比常人大一些。有顾客就问她怎么回事？她说自己患了子宫肌瘤。问她怎么不去看医生？她说大儿子马上要结婚，舍不得花钱。大家都为她悲催，可怜她，同情她，纷纷都到她那里买早点。

忽然，有一天，吆喝声没有了，小区的人都感到少了什么。这个问，那个打听，谁都不知道卖馒头女人的去向。

大概过了两个月，正当大家几乎忘记了卖馒头的安徽女人时，吆喝声又出现了。车还是那辆车，叫卖声还是那个叫卖声（录音的），卖馒头的却是一对青年夫妇。有人问他们，那女人是他们什么亲戚。男青年说是他的妈妈。并告诉买馒头的说，妈妈办完他们的婚事之后，住进了医院。

母亲是伟大的，他们始终把儿女的事情放在首位。

尚丁与年鉴

深秋，在天台山庄，我们见到了正在参加株洲召开的全国年鉴研讨会的尚丁同志。如果不是自报年龄，我们真不敢相信眼前这位身材高大、脸色红润、思维敏捷的老人竟已七旬余二。

一见到我们，尚老就滔滔不绝地谈起了年鉴。他说："年鉴的渊源始于西方，已有一千多年历史。我国引进年鉴，还是辛亥革命之后。新中国成立前，还有几十种年鉴的我国，新中国成立后，停停打打，到 1980 年反而只剩下 6 种。十一届三中全会后，年鉴蓬勃发展，已达 540 种，预计明年可突破 600 种。"

尚老 1942 年复旦大学新闻系毕业。尔后活跃于重庆国统区的新闻界。他在叶圣陶先生主编的《国训》杂志任编辑。冒着生命危险，他先后编辑和主办了《生活杂志》、《展望》、《新知识》、《民族》等进步刊物。五星红旗高高升起来后，他又坐上了古典文学出版社（现古籍出版社）和辞书出版研究所"主持"的位置。因而，他对新闻、出版物研究颇深，造诣比较高。他认为，目前，我国的年鉴吃的是财政的奶水，多为官办，所以读者少，价格高。他说："市场经济将会断其奶，年鉴的出路，只有进入市场，飞入寻常百姓家。"他引经据典，证明年鉴飞入寻常百姓家的可能性。他说，以前，西方有许多买不起书的家庭就只有两本书，一本圣经和一本年鉴。现在广东、深圳的年鉴就发行到了香港。外宾想到那里投资，年鉴就成了最好的指南，因此他们也争相购买。英国的舰务年鉴，有 126 个国家订货。日本人喜欢樱花，就有樱花年鉴，彩色印刷，装潢精美，很受读者欢迎。

谈到株洲的年鉴，尚老连连称赞："办得好。具有开拓意识。"他指着株洲年鉴的"奇闻轶事"条目说："这就有广泛的读者。"与尚老谈得十分投机，时间不知不觉已过去两个多小时。想到他还要主持研讨会，我们只好起身告辞。

废纸如诗

一天，妻子对我说：这几天我闲着，翻阅了你过去写的诗歌，我觉得好韵味，你是否抽出点时间把它整理整理。我笑了笑，回答道：“那些东西已经过时了，没什么意思，懒得费神。”

事隔一年，妻了又对我说：我看了几本别人送给你的诗集，与你写的诗比较了一下，你写的诗歌味道还蛮足的，依我看有的比他们写的还好一些。我又笑了笑，回答道：你是情人眼里出西施吧，爱屋及乌。

打那以后，我的思想开始有了一些松动。一有时间我就会把几十年前的陈芝麻烂谷子翻出来，细细回味还真像那么一回事，特别是我 1974 年上山下乡和 1982 年 6 月参加援藏工作期间写的作品，虽然直白，但充满激情，现在读起来的确有滋有味。我对妻子说：现在如果有人出 10 万元钱要我写，也写不出当时的作品来。她顺口说了句：那时有生活呗！妻子的这句话，一语点中了文学创作的要害。

我从 17 岁开始到 27 岁，这 10 年我经历了一般同龄人没有过的历程，饱受了同龄人没有的屈辱。我 16 岁高中毕业响应党的号召集体下乡。在知青点时，有两个知青总是与我过意不去，欺负我。这是为什么？当时我心中十分苦闷，至今，我也没有想明白。农民还是厚道、善良的，大队（现在的村委会）派来的肖队长十分关心我，见我没有劳动力，就叫我去看山守林。一有空闲时间，我就看看书、写写日记、作作诗歌，来排遣内心的烦恼。

25 岁那年我刚刚结婚不久就参加援藏工作，第一次远离家乡、远离父母、远离妻子，个中滋味是可想而知的。这时，一个同我一起从株洲来的人像疯子一样，无事生非，对我骂骂咧咧，动手动脚，我在忍无可忍的情况下，与他发生了打斗，把他打得头破血流。我也因自己的冲动付出了代价。拉萨的高原反应没有征服我，但是，小人的暗算却令我心寒。抑郁、苦闷、痛苦、思念，多种复杂的情绪交织在一起，我白天上班，晚上写作，通过写信笺、写诗歌给妻子和亲人来宣泄自己的情感，消除内心的苦楚。

我回头看这几十年写的东西，再把它与后来写的相比，情感确实要丰富得多。我把诗歌整理后，算了一下，从 17 岁到现在，乱七八糟的大约写了三四百首，从中筛选出一百多首。至于是不是诗歌，写得好不好，读者感不感兴趣，我从来就没有想过。

有人建议我请大诗人润一下色，我说没有必要，让它原汁原味的好。如果读者认可我的诗集，我真的太高兴了。我的想法很简单，因为到目前为止，我只送出去一首诗，也只发表过一首诗。如果不是妻子再三提起，或许日后就成了一些废纸。

母亲比我高大

我现在虽然是1.72米的男子汉，但在母亲的面前，我仍然是个孩子，母亲比我高大。

我母亲是个坚强而又平凡的女性。“文革”中许多人盲目地去闹革命，抓这个特务、斗那个走资派，而母亲的头脑却十分清醒。有一次，造反派斗一个曾经身经百战的南下干部，在别人殴打他时，母亲跳上台对造反派说：“你们不能这样，有缺点错误，可以批评，打人干什么？”造反派吼道：“你是什么人？”“我是贫农，是他们这样的人把我们解放的。”造反派火了：“老子毙了你！”母亲也毫不胆怯地说：“你敢？杀人偿命！”我站在母亲旁边吓哭了，台下的人也为母亲捏了一把汗。

一天清早，我们开门看到垃圾堆边上倒着一个人，浑身是伤和蚂蚁，生命垂危，邻居见了都猜是从哪里逃出来的“走资派”，没一个人去管。母亲叫父亲把这个人抬到家，喂他水、饭，拿出一套父亲穿的工作服给他换上，这人缓过气来，跪着说：“大娘，我现在落难，你救了我，今后我一定报答。”母亲询问道：“你是干什么的？”“我不是坏人，曾经同日本鬼子、国民党打过仗。”待了一天后，这人就换上自己的衣服匆匆地走了。

母亲不仅善良，且做事比我们有气魄。许多同母亲共过事的人都这么说：“你母亲是吃了旧社会的亏，如果她有文化，一定是个很了不起的女强人。”那时北区贺家土办事处下辖的一个几个家庭妇女糊纸袋、火柴盒子的小厂，在许多人眼里是一个烂摊子，要钱没钱，要物没物，婆婆妈妈在一起常为了鸡毛蒜皮的事，三天一小吵，五天一大吵。母亲来到这里，办事处的领导要她出任厂长，她一心扑在厂里，从自己家背被子、蚊帐到厂住下来，工厂在她手上由一个固定资产不到600元的作坊，发展到拥有几百万元资产的印刷厂。几年下来，工厂连升几级，由街道办升为区办、市办。母亲的辛劳，换来了一身疾病和满头白发，但她心中却十分充实，因为在她的一生中，创造了一份令人赞叹的业绩。

母亲比我高大，高就高在她爱憎分明，高就高在她能吃苦耐劳，高就高在她勇于承担苦、累和责任。这对我们这些正在为社会主义革命和建设出力的人来说，不是一个很好的榜样吗？！

金项链

母亲买回一条金灿灿的项链，周围的邻居都羡慕。

母亲性格爽朗。在她还没把我们带到这个世界前，她生活得十分安逸、快乐，把平时省吃俭用的钱，买回自己喜爱的金戒指、金耳环和五彩缤纷的花布。然而，当我们姊妹一个个降临人间，沉重的家务、沉重的生活，压得她喘不过气来，她将爱心全倾注在我们身上。那时，家庭收入不多，父亲又在外地工作，一家六口，生活十分拮据，每月的钱只够吃饭。但是，母亲很会持家，腌菜搭青菜，荤菜计划买，精打细算，一年下来，也有点结余。在艰苦的日子里，母亲也不失女性的特点，只要手头有点余钱，就从街上买回一些色彩鲜艳、价格低廉的布料，自己手工裁剪、缝制。她手巧，把我们个个打扮得漂漂亮亮，不像“穷”人家的孩子。

母亲热爱生活，也热爱自己的工作，无论她当服务员还是厂长，她都兢兢业业、勤勤恳恳、克己奉公，她曾与她的同事们一起把一个小小的家属工厂办成一家大集体企业。

我们姊妹陆陆续续长大了，母亲也做了婡勉和外婆，但她对生活依然那么热爱，宽裕的生活，再次萌发了她对以往爱好的思念。她有时买回自己喜爱的布料做成衣，试了又试，觉得艳了一点，便送给女儿和儿媳；她买回金戒指、金耳环，戴上又取，取了又戴，爱不释手。

这次母亲又买回一条金项链，多年失落了的金色的梦在今天幸福的生活中实现了，她很开心。

冬日

冬天的夕阳，红彤彤，红彤彤的，像一位慈祥的老人奉献鲜红的心。哦，我要歌唱，让这歌声飞到爸爸、妈妈身旁，他们已经退休了，但是他们对党的一片衷情，仍然像太阳一样烈、炉火一样旺。

去年整党，我父亲担任离退休人员支部整党联络组组长，母亲是组员，他们起早贪黑，在外奔忙。星期天，我们好不容易回家一趟，他们还在外忙碌，姊妹们都抱怨他们说："退休了，还那么积极干什么？又没有一分钱。"父母严肃地说："只晓得钱，你们知道什么？如果不是党，我们的骨头早就打鼓去了。"

父母说的旧社会我们不知道它究竟是怎么一个样子，但从父母对党的崇敬，从他们的一言一行中，可以看出、感受到他们非常感激党、非常热爱今天的幸福生活。

前年，我到乡下去扶贫，了解到贫困农民办的一家水泥制品厂急需一位懂技术的人去指导。我回家时把这个事漏了出来。母亲一听到马上说："你爸爸是老施工，让他去。"我看了看父亲，快70岁了，而乡下生活十分艰苦，于是没有吱声。父亲却生气了，骂道："傻孩子，不相信你父亲了？我还硬朗着呢!"

父亲同我一起下乡去了，还带去了许多衣物送给贫困乡亲，在那里，他与农民兄弟相处很好，在他的悉心指导下，农民兄弟不仅掌握了生产技术，水泥制品厂还盈利了1万多元。

啊，父母亲，你们多像冬天的夕阳，给人那么多的温暖和思索……

父亲，我好想同你说说

有人说，儿子亲娘，女儿亲爸。这话只能从表面上说说而已，真实的是在儿女的天平上，父母是同样的亲，只是母亲爱说爱问，父亲比较寡言少语。其实我也很爱我的父亲，但从小到大我同他交流得很少很少，在我记忆中，我们谈话最多的一次没有超过一个小时。

儿时，父亲为了全家人的生计到很远很远的地方工作，每逢过年过节，我总站在门口，盼父亲回来。有一年那是快过春节了，我老远看见一个与父亲身材差不多高、脸型差不多瘦的人朝我们家方向走来，我以为是父亲回家了，老远跑着叫爹爹，然而走近一看不是，被母亲说了一顿："你这孩子，连自己的父亲都不认识了。"我感到很冤，那不是不认识，而是很想念父亲。后来才知道那年父亲没有回家过年的原因，因为他年前加入了中国共产党，领导要他带领全班人员坚守工作岗位。

父亲个头不高，但很精神，走起路来虎虎有声，现在八十有二了，走路也很有力量。他很少说话，一生中总是用自己的行动来表达自己的语言。我每次回家，母亲问这问那，父亲总是站在一旁听，用那慈祥的目光注视着我，当我说到成绩时，他会会心地一笑；当我说遇到问题时，他偶尔会插上一句，而插入的这句话往往很中用。

父亲很少夸奖我，然而当我做出了成绩时，他精神会特别好，脸上会呈现出一种光泽，走路的神态会让我这个做儿子的受到感染，并特别惬意。我常常被父亲的这种情绪所鼓舞、所激励。

我不是一个孝顺的儿子，因为我喜欢挑战自己，尽管我出生卑微，尽管我是一根被压在石块下的小草，但我总想从石缝中探出头来。我不安于现状，常跑到外面去闯荡，回家的时间很少很少，同父母见面的机会就更少了，有时只能通过电话问候两老的身体，父亲每次只有两句话：注意身体，注意安全，其他就由母亲代劳了。

随着年龄的增长，我对父亲的感情日渐加深。然而当我主动找父亲说话时，父亲的听力却下降，每说一句话，他听起来都十分吃力。他从你口型的张合知道你在跟他说话，他会"啊"一声，我常常要用很大的声音，他才能听清。我心里感到震撼，惭愧极了，为什么父亲年轻时做儿子的不能好好同他聊天？为什么父亲听力好时没有主动同他谈心？为什么当父亲人老，耳朵也聋了才意识到这一点呢？想到这些，我心里就一阵酸楚，偏生也怪，越是这样自己越感到有许多话要对父亲说，然而面对听力不好的父亲，自己又不知如何开口，有时我难过得一个人悄悄落泪，我从心底里呼唤，父亲我好想同你说说……

这篇文章是我流着泪写的，我写这篇文章的目的就是告诉天下为人儿女者，多主动同自己的父母亲交交心，聊聊天，说说话，不要像我觉悟太晚。

五舅

母亲去江西探望故里。返回时，同来的还有我五舅。五舅，他只比我大一岁。十多年未见，舅舅变了许多，瘦小的个子，穿着一身破旧的军衣，一双眼睛无精打采，看上去要比实际年龄大七八岁。

妈妈告诉我："他已经是五个孩子的爸爸了，大的八岁半，小的还只一岁半"，接着母亲十分同情地说："五舅家好可怜，冬天了细伢子还打双赤脚，穿得破破烂烂的。"

我听了十分惊讶，说："五舅，你还当过兵，计划生育这些大道理又不是不知。"话中带有责怪。

"唉！"五舅叹了一口气，说："乡下不比城里，我前面生的三个是女，后来才生两个伢，乡里人再穷，不怕。只要家里有伢子，别人也就不会小看你。"他的话凄凉又无可奈何。

小时候，母亲带我回乡下，我与年龄相仿的五舅合得来，他常带我去放牛、游泳，他很活泼，胆子比我大，放牛回家时，我不敢坐牛背上，他就抱着我坐，悠悠乐乐。

今天的五舅，失去了少年时的风采，仿佛是从古代、从原始森林里出来的人，他离我们，离我们这个时代太远了……

五舅要走了，母亲号召我们几个兄弟姊妹"募捐"。我把我过时了的衣物、鞋帽都给了他，他像"宝贝"一样折叠起来。临走时，还向我母亲要了一床旧被单……

五舅又来了

五舅是一个“下里巴人”，斗大的字不识几个。记得第一次到我家的时候，他连街道、门牌号码都不认识。从株洲车站到我家只有几步路，他却左问右问，花了差不多一整天才找到。当我开门时，见他穿着一身旧衣衫，脸上有些冷色，后来，妈妈出来见状骂我：“你这个鬼崽子，这是你十多年未见过的五舅！”我感到心里好笑，我们家怎么摊上了这样一个穷亲戚？

五舅跟我妈说家乡这么苦，那么苦，连饭也吃不饱，说得我妈起了恻隐之心，马上要我爸捐出一些帽子、旧衣服给他，还打发他100元现金。当时，我家并不富裕，100元钱是我们家两个月的生活费呀，我心里真不是个滋味。

十年后的一天，我家的门又被敲响了。站在我面前的五舅，使我不敢相信自己的眼睛。他满面红光，西装革履，手里提着一些高档香烟、名酒和一些高级营养品。我愣住了，不由得脱口而出：“五舅，你又来了！”五舅笑了笑，拍了拍我的肩膀说：“外侄，好久不见，你妈在吗？”我把他迎进门，又是泡茶，又是拿烟。

五舅坐定后，跟我们拉起了家常：“唉！前几年拖累了你们，实在抱歉。党的十一届三中全会之后，我们农民得到了土地自主权，我承包了村上的一口鱼塘，一个橘园，每年纯收入达2万。你舅妈能干，她又在集体养鸡养鸭，也忙得不可开交。本来要和我一路来看看姐姐、姐夫和外甥，她放不下子女和喂养的鸡鸭。我这次来，确实是从百忙中抽出时间来看你们的，谢谢我姐姐、姐夫和你们全家人以前对我的关照。”话未说完，妈妈走进门来，看到五舅后，笑了：“这是广金吧，怎么变得我都认不出来了，家里都好吗？”五舅连声说：“好，好，好！托党的福，搭帮党的政策，我们彻底翻了身。”随手从衣袋里掏出一叠钞票往妈妈手上塞。妈妈说：“老五你这是做什么呀？不要，你们赚两个钱不容易啊。”五舅马上接着说：“这一千元是小意思，姐姐不要见外。”

我看了看妈妈，又看了看五舅，脸上绽开了笑容。

妻子

妻子来了，抱着活泼可爱的儿子，从太阳中走过来，披着金色的阳光，她的步履轻盈、欢快。我带着胜利的微笑向她迎了上去，同时也怀着一种难言的内疚。一年三百六十五天，凯旋之日，我深深感到自己欠他们——妻子和儿子的太多。

记得离开城市开赴贫困乡村的时候，她怀抱着孩子目送我远去，这一眼，含情——依依不舍；会意——视我平安。那是多么深情的一眼，我把它牢牢藏在心间。跋山涉水，走村串户访贫问苦，我看到它；扶助贫困户、扶植乡村企业，我看到它；在工作中遇到挫折，我看到它。妻子是我心中的心，儿子是我的太阳，不管我在何方，他们那爱的光辉，始终照在我的身上。

哦，我干起来了，带着一批贫困乡村的兄弟姐妹进城做工，他们衣裳不整，风尘仆仆，满脚泥巴走进了我那被妻子打扫得干干净净的家。妻子的目光是那么善良，她笑盈盈、乐呵呵，像招待远方的亲戚一样。端凳泡茶、买菜打酒、缝被铺床。临走时，还拿出一些衣服送给他们。我贫困乡村的兄弟姊妹，见人就讲，逢人便夸："和平同志有个好妻子，贤惠、善良!"

哦，我感到幸福、惬意、开心。

夜，宁静、漫长。银色的月光，洒在大地，也洒在我的身上，我顺着月光看到天上的月亮，倚窗遥想，妻子是带着儿子进入甜蜜的梦乡，还是战斗在机台上?

她是那样辛苦，那样繁忙。工厂实行承包，她担任生产组组长，既要带领全组完成生产任务，自己还要完成几十万米钨丝。回到家里，又要带幼小的儿子，给他洗澡、喂饭……

正在我摩拳擦掌要把一个乡办企业扶上去时，我收到了妻妹写来的一封信。信中骂道：

好一个和平，你真是个冷血动物，没感情、没心肝，全市那么多人，难道少了你一个不行？我姐身体不佳，还有个绕膝小儿，你就忍心离开?!

你一个人在外好逍遥、好自在，我姐在家上要孝敬你的双亲，下要抚育你儿子，工厂还有好几十万米钨丝任务，你知道吗？你妻子没站在工厂，而倒在病床上……

我读着信，心里非常难过，感到自己变成了无情郎君。八个月来，我没有时间去体贴妻子、爱抚儿子，没同她去买过一车煤、一袋米。即使进城办点事，来也匆匆，去也匆匆。我觉得自己真的缺少点什么。

我向乡党委请了个假，买了一些营养品，急急忙忙来到病房，躺在床上的妻子见到我，她眼睛亮了，含有一种惊讶、欢悦，但马上又黯淡了。她轻声细语地问道："你扶贫，怎么跑到这里来了？"我把她妹的信递了过去。"这鬼妹子，你别信她的，我这点小病小痛有什么大惊小怪，你明天还是回去！"看完信，她严肃地说。看到我不愿意离开的样子，她又耐心劝道："和平，你忘了你临走时写的诗，忘了你要为贫困地区人民干一番大事业的理想和决心？"我目瞪口呆，满脸通红，直是傻笑。

第二天，她霸蛮支撑着身子送我到火车站，我乘上了去扶贫点的列车，望着站在寒风中为我送行的妻子，心里一阵酸楚，同时又极力装出一副高兴的样子，看着她那向我摇动的纤细的双手……

放心吧，我会在扶贫工作中做出成绩的！

今天终于凯旋了，我从妻子怀中接过儿子，亲吻着他胖乎乎的脸，又深情地看着妻子，她拿过我手中的奖状，轻轻抚摸着，她笑了，笑得是那样开心。

文章与妻子

“文章是自己的好，妻子是别人的好”，一句戏谑的嗟叹，一个古老的话题，今天，似乎又有了“新的含义”。我茫然走在大街上，琢磨着这一古老的话题——文章与妻子，不禁悲从中生：堂堂七尺男子汉，为何胸怀如此狭小？

再丑陋的人也可以从自己身上找到自以为骄傲的东西。自己爱自己的文章，或许就是这个理。然而在浩如烟海的书籍里，自己的文章不过是一粒尘埃，文章何止是自己的好？

社会在变化，人们的交往增多了，看的东西多了，难免有些眼花缭乱，一旦结了婚，就忘记了初次见面那双目相对，那只可意会不可言传的情景，生出“文章是自己的好，妻子是别人的好”的感慨来。走在大街上，遇到花枝招展的女性，毫不顾忌地频频回首；面对才貌双全的女性，又叹息自己的婚姻。爱美之心，人人皆有，美貌的女子多看几眼也无妨，只是自己的妻子如何忽地不如人了？

妻子是自己的好，这是我的感觉。她将自己的一生交给你，长伴长相依，生儿育女，忙内忙外，嘘寒问暖。“老朋友怎能忘记过去的好时光?”我常常回忆起与妻子的恋情，她将女性全部的温情都献给了我，做丈夫的怎能不珍惜？

文章，妻子，道不尽的世事。千好万好，世上最好的还是自己的妻子。

妻子戒电视

那天下班刚进门，妻子没头没脑地抛出一句话："我戒电视了。"我愣了好半天才回过神来，说："不是今晚的太阳不下山了吧?"

妻子是我们家的电视迷。她只要家务事一忙完，就坐在床上看电视，一坐就坐到电视里喊"拜拜"才钻进被窝里。如果电视台播放好看的录像，即使儿子要她帮助复习功课，也是一心挂两头，一只眼睛盯着儿子做作业，另一只眼睛盯着电视，若电视演到精彩处，两只眼睛睁得老大，一动不动地望着电视荧屏，那个入神的样子抢拍下来，再配上"电视迷"三个字，保管可获摄影优秀奖。

我们家的房子小，寝室、娱乐室、文化室都在一起，做完作业的儿子有时看到放武打片，觉也不睡，赖着要看几分钟，没法只好用一块布挡着，强迫他睡觉。有时忙了一整天的我想早睡一点，催她早点关机，她将脸拉得老长，生气地说："我一天忙到晚，忙里又忙外，就这么一点爱好你也剥夺啰?"听她这么一说，我的心又软了。妻子是工厂的生产骨干，做事从来不含糊，回到家里煮饭、洗衣、拖地样样都干，真是里里外外一把手。自从那以后我再没有干涉她的爱好了。

母亲的爱好常常会感染孩子，我的儿子成了少儿动画片迷，电视台偏生在孩子们吃饭时放动画片，儿子端着碗看得如痴如醉，饭要吃一个多小时，我们夫妻都为此着急。为了孩子的成长，妻子果真忍痛割"爱"了，一连几个星期，我们家的电视机就像装饰品一样摆在桌上。

有一次，我故意向她介绍当夜的节目如何好看，想试一试她戒得如何，她只是听着，却没有去揭开电视机罩。看来妻子戒电视已戒定了，我真佩服她的毅力。

妹妹

妹妹廿有五，却还不愿意出嫁，要说长相倒像个画中人，可说话就像王熙凤一样尖刻、泼辣，我这个当哥哥的，也好几次被她惹“毛”了。

大年初三傍晚，天色灰暗，我给舅舅拜年回来，看到家里灯火通明，温暖如春，正低头往屋里钻，突然被人抓住头发顺势拖了进去。“哎哟!”我惊叫一声，吼道：“哪个捣蛋鬼?”抬头一看，妹妹。

她双手叉在腰间，娇小的嘴像云雀“叽里、叽里”叫开了：“好家伙，妈病在床上，你不照料，倒有闲心东游西荡，还有点孝心么?”

“你呢?”我气冲冲地反问道。“我?”她指着自己的鼻子，说：“我这几天在厂里加班，今天早上回家，妈躺在床上，咳嗽不止，痰中带血，口里还念你没吃早餐呢!”

我知道理亏，没敢多说，径直往母亲房里走去，推门一看，妈不在。心里不禁有点慌乱，妹妹没好气地说：“住院去了。”我憋了一肚子气，又无可奈何，急忙开门，向医院跑去。

这件事够人受的吧，还有一件——

前年夏季，我好不容易托人介绍了个女朋友。这天带回去给家人“参考参考”。谁知妹妹格问长问短，弄得女朋友十分尴尬，我朝她眨眼、示意，她却像没看见似的，偏偏还要客人做这帮那，搞得我女朋友嘴巴翘得老高。

第二天，我便收到一封信：“我到你家，到底是受审还是做劳工?你妹妹也太厉害了，拜拜!”我拿着信，火往上冲，一口气跑到家里，把信往她面前一甩，“看你做的好事!”

她看了看信，不仅不向我道歉，反而不以为然，笑着说：“我还以为发生地震，有什么了不起?像这种娇小姐，早晚会跟你分手的，不如趁早!”

“说得轻巧，我快三十岁了，我打光棍找你算账!”我气冲冲地叫道。

谁知不出一个星期，她带着一个姑娘来了，这回是她向我一个劲示意、使眼色……至今想到这些往事，心里还怪好笑的。

孩子第一次单独出门

孩子7岁了。长到这么大都是我们牵着他走街串巷、走亲访友的，就连上学也是接送。为了培养孩子独立行动的能力，我和妻子决定：让孩子单独行动一次——独自去奶奶家。

从家里去我妈家，要乘2路汽车，穿过一条闹市，再转乘1路汽车。为了慎重起见，妻子“下令”我骑自行车尾随。孩子上了2路车，又很明白地在中途下了车。他站在车站，两只小眼睛四处顾盼。我估计：他是在找“依赖”。一分钟左右，他垂下了眼皮，样子十分沮丧。他走我也走，我和他始终保持着一段距离。

孩子到底是孩子，第一次自由自在地走在大街上，一蹦一跳，像一只快乐的小燕子。他走到书摊子上看一看，走到美发厅前瞧一瞧，一会儿消失在人群中，一会儿出现在摊子前，一会儿转身望一望，一会儿哼着儿歌向前跑。我跟踪着、注视着，看到他那天真、稚气、无拘无束的模样，心里憋不住直发笑。

孩子顺利地穿过闹市，我默算了一下，比我们带着他走大概还要快一点。他同我们走时，不是看到这样东西要买，就是看到那样东西要吃，磨磨蹭蹭，没完没了。

他来到1路车站，一位好心的阿姨侧身让他上了车。望着他的背影，我默默地祝愿孩子在今后的人生旅途中一帆风顺。

下“崽崽”

我的儿子有一个好习惯，他从不乱花大人给的每一分钱。这个好习惯是从他6岁那年开始的。

记得那年他读一年一期，学校评了他“三好学生”，他捧着奖状回家，奶奶高兴地奖给他10元钱，后来孩子妈单位又奖了8元钱，我们夫妇就对他说：“孩子，这是你的努力得来的钱，把它存到银行里下‘崽崽’。”当时，儿子欣喜地同意了。

从那以后，我们就有意识地培养孩子的勤俭节约和积蓄习惯，规定不管是家庭作业，还是课堂作业，只要打了100分，就给他1角钱；期中期末考试奖两角。同时我们家的废纸、废书、废报纸聚拢卖的钱，二分、一角、三角的都给他，他就像小银行家一样收藏起来，从来就舍不得花一分一厘钱。儿子学习空暇时间，就翻出来整理整理，一分的归一分，一角的归一角，分别夹在本子中，归总了10元的零钱就拿出来同他母亲换上一张整票子。到了年底，他自己做一个结算，一年下来积了多少钱，一分钱也不留，催着妈妈带他一起到银行存起来。有时，我们同他逗乐：“喂，我们这个月紧张，借点钱给我们可以吗?”他呢，小嘴像机关枪似的，一点也不客气地向我们扫来：“嘿，你们只想打我的主意，没门，这点钱是我一分一分积起来的，我要放到银行下‘崽崽’。”

儿子的钱确实下了“崽崽”。前两年存的钱到去年底取出来，光利息就有20多元钱。现在儿子已有8岁了，当我们带着他去存爷爷、奶奶、阿姨、叔叔给的压岁钱时，他问我们：“爸爸、妈妈，钱为什么放在银行里会下‘崽崽’?”

我们告诉他说：“你的钱存入银行，银行就将这些钱投入到建设中去，有建设成就也就有了利息。”

“嘿，我明白了，今后我要存好多好多的钱，支援国家建设，我的钱，也生好多好多‘崽崽’。”

我家的“黄金圣斗士”

儿子看日本儿童电视剧入神了，什么雅典、古希腊、古罗马看过后就搬着凳子站在世界地图前找，这一找，他知道了世界许多国家的名称和名胜，接着又自制黄金圣衣——实际是搞硬纸壳做一个帽檐、腰带、护手等象征性的玩意，然后仿着天马流星拳之类的拳术舞弄一番，那一招一式还真像个样子。

儿子的爱好，我们是不干预的，只要自己略有点闲情，也会陪着他乐一乐。然而他小脑袋里还真装有不少稀奇玩意，什么天平星座、宝瓶星座、狮子星座等等，弄得我张口结舌。

孩子是天真的，为了将他的爱玩转入爱学习，我们将电视中的圣斗士的美名拿过来转赠给儿子，称他为“黄金圣斗士”，开导他：你是个学生，学生当圣斗士就要表现在学习上。儿子真乖，学习果真比原来专心多了。他每天放学回来平常总要玩一阵子才做作业，现在他一回家，就能安下心来认真地完成家庭作业，而且正确率比原来高多了，特别是临近期末考试，他主动邀请我出考试题，进行模拟考试。

儿子考试回家，我老远就冲他喊“黄金圣斗士”考得怎样？“没说的，100 分！”望着他那可爱的小脸蛋，真叫人欢心。

让孩子学点幽默

孩子在学校接受正统教育，言行难免受到一些约束，如果回到家里，做父母的也去规范孩子的言行，这样无益于孩子自由、健康地发展。我认为：做父母的要让孩子在家庭第二课堂里，培养多方面爱好，尤其别忘了对孩子幽默感的培养。

培养孩子的幽默感应取材于孩子熟悉的事物，孩子的一举一动、一颦一笑，天真、活泼，本身就可能产生一些幽默感，如孩子中流行的一些顺口溜，押韵，诙谐，想象也十分丰富。倘若做父母的听到之后，板起一副面孔，训斥孩子不该念不三不四的东西，就会伤害孩子的幽默感，阻塞孩子的思路，使孩子变得呆板。

做父母的在与孩子交流中，要与孩子打成一片，同他们捉迷藏、玩游戏，还要多与孩子开玩笑、逗乐等。如孩子要你买一件文具，你买了，回到家里冲着孩子做个鬼脸，说："该死，我竟将你吩咐的事全忘了！"当孩子垂头丧气时，再拿出来，使他惊喜，这样孩子不易忘记这件文具，从而更加珍惜。

如果孩子考试得满分回家，做父母的不必直接表扬，而应婉转一点说："乖乖，你可比我有出息，那时，我100还差几分，没关系，等我再当孩子时，一定追上你。"鼓励话轻松地说出，总比认认真真说出效果要好得多。

孩子的想象力……

与孩子相比我的想象力可就差多了。孩子可以把枕头想象成《飞龙神剑》中的大白鲸，可以把蒲扇想象成《恐龙特级克塞号》中的大翼龙，可以把一些零散的小东西想象成人，分成白、红两军，并自导自演一场战争……看到孩子的想象，由此我想到我们国家的童话电视连续剧，从荧屏上看到的大多是引进的国外货，自产的却很少，且大多是比较陈旧呆板、缺乏现代气息、缺乏想象力的作品，远远满足不了孩子们的需要。

社会在发展，现在的孩子已不是只需一顿饱饭、几颗硬糖便可打发得了的，他们在物质满足的同时，还需要有充分的精神满足，这种满足不仅是享受，而且是他们增长知识、开阔眼界、全面发展的需要。然而，我们目前却拿不出像《变形金刚》、《飞龙神剑》这类着实吸引孩子们的作品，只能靠引进来弥补。引进好不好呢？我不敢妄加评论。我只是想，如果不加紧拍摄本国的东西，让孩子们专看外国童话片的话，至少在孩子幼小的心灵上会蒙上一层阴影，增加一分对国外的羡慕，减少一分对自己民族的自尊和自信。

我认为，要创作出孩子们喜闻乐见的好作品，有必要到孩子中间去，了解他们在想什么，憧憬什么，喜爱什么，这样才能编导出着实使孩子着迷的作品，引导孩子走向未来。

孩子的孤独

在人们用异样的口吻说如今的独生子女是“小皇帝”时，我却要替他们说几句公道话。同情、理解孩子们吧，他们比我们那时候做孩子要孤独得多。

我们做孩子时有兄弟姊妹和左右邻舍的孩子，玩有伴，说话有人。然而现在孩子独自一个。从学校一回到家里，“叭”地把门一关，面对的只有生养他们的尊者。孩子想玩什么、说什么与父母总差着那么一段年龄上的距离。父母开心时，逗孩子玩一玩，大部分时间，全靠孩子一个人自寻欢乐。他们自己摆弄着玩具，一下子做博派机器人，一下子做狂派机器人；一下子演红军，一下子扮白军，自导自演，自语自言，叫人看了实在难以忍心。

不知人们观察过没有，一个大人同一个孩子玩一天，大人很累，小孩也感到很疲倦。如果孩子与孩子玩了一天后，他们还津津乐道地叙说一天中玩得最开心的几件事的细节。

我提倡做大人的要多给孩子“放风”的时间，这样做不会影响孩子的学习。因为在我看来，孩子的知识，不完全是大人们传授的。孩子与孩子在接触过程中，各自都向对方传授许多连大人都不知道的知识。我们做大人的绝不会像孩子那样一集不漏地看动画片。动画片中那优美的语言，丰富的知识，动人的情节，他们看到了领会了，不可能同大人交流，而只有在孩子与孩子的交流中加以巩固、修正、完善。

拜孩子为师

人到中年，想到的、谈到的、盼到的都是自己的儿女。想到的是他（她）将来是青出于蓝而胜于蓝，还是一代不如一代；谈到的是他（她）的每一个举止、每句话；盼的是他（她）一天比一天强壮，一天比一天美丽。孩子是父母的心头肉，当父母的爱自己的孩子胜过爱自己的一切。其实，这都是天下父母心，孩子们自有孩子们的福，做父母的盼望只能为自己增添几许白发。

说实在话，如今父母都不再像鲁迅笔下的九斤老太念着一代不如一代的话了。在他们的眼里看到的都是自己的儿女是那样英俊、那样漂亮；在他们口里说的都是自己的儿女是那么懂事、那么乖巧，满是欢心，满是快意。这也难怪，当今的孩子比我们要幸福得多，我们生活在物质贫乏、文化生活贫乏的年代，不知道电视机是什么、VCD是什么、电脑是什么。然而现在的孩子对这些不仅能看到、得到、用到，在现代知识方面，他们比我们要懂得多。当年我们接受到的教育只是来自父母、教师和课本，最多从牙缝里挤出几分钱买几本小人书看看，而他们接受的教育来自荧屏、音乐、多媒体、信息高速公路、各类图片、各类文字、报纸等多种媒体和无数种宣传教育，现代化充实了他们。我们那时谈论的只是这个同学与那个同学又吵架了，他们谈论的是英美又对伊拉克动武了。当今的孩子们的确比我们要现代得多，聪明得多，如果我们用我们父母的那套方法教育我们的孩子，那是不行了。

因此，我认为，当今的父母要放下架子拜孩子们为师，主动地向他们学习，探讨一下下一个世纪，我们作为跨世纪的中年人，如何与跨世纪的年轻人共创美好的未来。如果摆着一副长辈的架子训斥他们，那是毫无益处的。拜孩子们为师，或许孩子们会更加尊重我们这些为人父母者。因此，有时谦虚反而会使对方感到你更加高大。

看不见孩子

又开学了，孩子们重新背起了自己沉甸甸的书包……

我们都是从小读书读大的，与我们相比，现在的孩子，学习内容要丰富得多，深奥得多了。我从孩子的课文中看到不少中学的学习内容下到了小学，大学的学习内容下到了中学。教师为了使自己的学生掌握知识，课堂抓得紧，放学后还布置了大量的家庭作业。教师抓得紧这是好事，但是，也有些操之过急的行为，我看到许多学生从学校到家里，书包一放，除了吃饭，大部分时间都在做课外作业，一做就要做到九十点钟，尤其节假日，孩子们的小憩时间几乎都给作业占领了。孩子们天真烂漫，他们需要玩耍的时间。

我记得我们读小学的时候，回到家里 1 小时就能做完作业。吃完晚饭后，就你一群、我一伙“打游击”、“捉迷藏”，玩得多开心。而现在，我们的房前屋后虽然有不少的孩子，可每天的房前屋后却看不到一个活泼的影子。他们一个个到哪里去了？他们一个个都像大学生一样在伏案读书做作业。

一位年逾古稀的老教师，看着不见孩子的街巷，深有感慨地说：“现在的孩子，学习负担太重了”，呼吁“一定要还给孩子童年”。

溺爱不是爱

这是一个令人既心痛而又心寒的真实故事。我本来不想讲，但是，看到不少的父母把孩子捧在手中怕掉了，含在口里怕融了，娇惯、宠坏的不良行为，我忍不住还是一吐为快。

我有一个朋友，孩子从小特别聪明，乖巧，2 岁时中央电视台播天气预报，播前一个城市，后面的他都能说出来。孩子是独生子，而且还是朋友家族中唯一的男丁。爷爷奶奶、爸爸妈妈、伯伯、姑姑都宠爱有加。小时候爷爷奶奶一前一后护送，读中学爸爸开车接送，读大学，妈妈租房陪读。从小到大没有洗过一件衣服，没有做过一件家务事，衣来伸手饭来张口。

大学毕业后，父母四处托三拜四同儿子找工作，儿子就坐在网吧玩游戏。朋友三四帮找的工作，重活他们怕儿子吃不消，轻松的事情收入又不高，儿子又不乐意去。一拖就是几年，儿子成了网虫和啃老族。

眼看儿子三十来岁了，又到处托人给儿子介绍对象，帮儿子急急忙忙操办婚事。孙子还没有一岁，儿子与媳妇就离了婚，媳妇抱着孙子走了。一家人就像一团麻，剪不断理还乱，贫困交加。失去了生机，失去了希望。

或许我说的这个例子可能还算是好的，可能还有比我讲的更加悲催的。溺爱不是爱而是害呀。惊醒吧！天下为人父母者，如果要让自己的孩子能够在社会上有安身立命之处，请放手，让孩子去经风雨见世面吧。

婚礼啊婚礼

星期天在回父母家的路上，我与妻子看到大街上一溜五六辆贴大红“囍”字的小轿车，便回想起我的婚礼。

那是80年代初，我是一个穷酸教书匠，父母是普通工人。我与妻子结婚时，为了接亲，母亲提着一篮鸡蛋找到司机家，讲了一箩筐好话，才求来一辆“解放牌”货车，我与妻子坐在驾驶室里，心里还是美滋滋的，父母见了更是欢喜不已。

婚礼过后，母亲在我们身边唠叨着说：“孩子，你们结婚真幸福，你不晓得，我跟你父亲结婚时，他只给我买了件花衣衫，就把我从娘身边娶走了。到了他家里什么也没有，结婚的被子还是借的，第二天还没过完就要回去了，只好盖一床破棉絮。”母亲的话在我心里烙下了深深的印象，当时我知足了。

婚事发展到今天，那排场令人咋舌。青年人为了装门面、抖派头，不惜自己和父母的血本，有的东拼西凑，向这个借一点，那个讨一点，佯装豪华、富足，可是结婚之后的情况又如何呢？无疑是一场苦恼！

我总是这么想，一对有情人终成眷属，是好事，但婚礼要量力而行，即使富有，也要考虑节俭。其实，为了婚礼这一天的风光而耗掉自己和父母的血汗钱又何必呢？证实一个幸福美满的家庭，并不是婚礼上的排场，而是新郎新娘婚后那漫长的卿卿我我、恩恩爱爱的日子。

豪华婚礼的背后

儿子的婚礼完毕了，李老笑盈盈地看着儿子挽着如花似玉的媳妇，甜蜜地走进富丽堂皇的新房，一颗悬了好几年的心，总算有了个归宿。

老伴送客人去了，李老感到一阵头晕眼花，他缓缓坐到松软的沙发上，客厅里的彩电、冰箱……都变成了儿子、儿媳的一张张笑脸，他们温柔地叫道："爸，您老辛苦了。"他欢悦地去接受，定睛一看，是冷冰冰的冰箱、彩电。从新房里飘出儿与媳的笑声。可怜天下父母心。李老今天虽然感到身体异常不适，但这笑声却是莫大的抚慰。他这一生含辛茹苦，不就是为了这一笑么？

李老家世代单传，从他爷爷到他一直是拉板车出身，看人白眼，受人轻视。他三十四五岁才结婚，若不是赶上解放好年头，板车改汽车，他的儿子还得接他的班，拉板车。说他儿子不争气倒不是，好歹比他强，读了中专，在工厂坐办公室，但他怪的是儿子不看看自己的门第、家境，非美女不娶，快三十岁了，还孤身单影。李老望抱孙孙，秋水都快望断了，儿子才带回一个貌似貂蝉的姑娘，李老满怀欢喜。可姑娘人美心大，没有现代化家具、家电和现代人订婚的金项链、金戒指不嫁。平时总要同老伴唠叨几句的儿子，几天茶饭不思，默默无语。李老见儿子一天天消瘦、憔悴，心如刀绞，怎么办？李老，一个靠劳力养家糊口的普通工人，一辈子的积蓄也只不过买一大件，怎能满足姑娘的欲望？

李老同老伴琢磨来，商量去，只好做出这样的决定：老伴去给人当保姆，他重新操起老本行，拉板车。

需要运货的单位和个人，见李老一副憨厚、诚实的样子，年纪好大了还拖板车，每每给予同情和照顾，让他少拖点，钱多算点。可李老毕竟老了，上坡用命去拖，下坡用命去挡。

房间里，儿子和媳妇还在笑，而李老脸上却挂着两行老泪……

“嫁”儿

儿子结婚不久就分了家。老李的家如同遭劫了一般，一日间，室内的彩电、冰箱、空调全搬走了，剩下来的是残缺不齐的破旧家什。老李望着空荡荡的家，两只老眼发直，老伴坐在床边抽泣。

老李和老伴累死累活，原先指望儿子结婚后，一家四口和和睦睦、共享天伦。谁知媳妇瞧不起拖板车“发达”的家，闷声闷气，进出家门，连一声“爸、妈”也不喊。小的没好脸色，老的也不客气。老伴不敢责怪媳妇，专冲着儿子发脾气。媳妇也不是“二百五”，知道是指桑骂槐。婆媳之间的关系更僵了，顶顶撞撞，骂骂咧咧，一家弄得鸡犬不安。李老同儿子站在一旁不知说谁好。老伴和媳妇哭是哭、闹是闹，最后媳妇拿出了“杀手锏”，向老李的儿子亮出了黄牌：“你要我，还是要你的老爸老妈?”手一甩，拿着行李到厂里住去了。

俗话说：秤不离砣，公不离婆。刚结婚的儿子怎舍得丢下貌似貂蝉的新娘，只好挥泪弃老从小了。

儿子搬家的前一个晚上，李老和老伴两人抱头痛哭了一场。娶媳、娶媳，结果连儿子都嫁出去了，怎不叫年过花甲、劳累了一辈子的老人伤心?

保姆

儿媳在月子里养得白白胖胖，具有少妇特有的神韵。一对男孩也长得格外逗人喜爱，胖乎乎的小脸蛋像苹果，胖乎乎的小手像莲藕。李老和老伴望着他们母子三人，一天到晚，不吃不喝也是饱的。

儿子被娇惯了，什么事也干不了，什么事也不会干。他自己的儿子屙了屎，他缩手缩脚地洗一下，上面还有黄色的污秽。老李同老伴既要搞可口的饭菜给儿媳吃，又要买菜、带人、洗尿片，毕竟年老了，一天忙乎下来连腰也伸不直。晚上想安静地睡一下，一个盹没打完，"哇、哇"的哭声又起了，赶忙爬起来给孙孙把尿……四只老眼全陷下去了，还染上了一道黑圈。

儿媳产假过后不久，提出要断奶，老李老两口惊得四只眼睛比铜锣还大。两个娃娃吃奶时间加起来还不到十个月呀，儿媳看在眼里，计上心来，笑眯眯地说："爸妈，国外的书上说，小孩喝牛奶比人奶营养，长得会像牛一样健壮。"其实，她是为了自己产后早点恢复健美的体型。李老明知儿媳在玩花样，可他一辈子拉板车，东西再重也不含糊，说话却"费神"了。老伴想开口，但她顾忌前嫌，加上儿媳是李家有功之臣，也就罢了。

儿媳的小算盘第一粒拨出，接着又拨第二粒——交养育权，她旁敲侧击道："爸妈，你们疼孙孙胜过我们，我知道请外人带，你们放不下心。""那是。"李老同老伴一人搂着一个说。"那不请保姆，我又要上班……"儿媳的话外音，李老一听就明白。他憨厚地答道："没关系，你娘当过保姆。"老伴一听嗔怒地骂道："死老鬼，要孙孙就不顾老婆子了，我还有胃病呢。"不过为了这两个可爱的孙子，她还是答应了："安心工作吧，孩子丢在这里你一百个放心。"

待儿媳兴高采烈地走后，李老搂着孙孙坐到老伴对面，两人相对，不约而同地"唉！"

分手前的骚动

夜，很静、很静了。然而我的心却在翻江倒海，面对妻子提出的严峻问题——分手，我反复地思考着，思考着……

分吧，很容易。两人和和气气到法院递上离婚报告，各自陈述感情不和的理由，罗列出一系列不合的事实。若义无反顾，法院会裁决；但从此三口之家便四分五裂了。今后，可能两人各自都会找到自己理想的或凑合的伴侣。可怜的是小孩，他只能做一个选择，或跟亲生父亲过日子，或与生身母亲生活，幼小的心灵蒙上一层凄凉的阴影。

不分吧，生活在一起，总觉得别扭。语言、兴趣、爱好、志向的音符是那么不协调、不合节拍。她需要的是一个安分守己、勤劳朴实、温文尔雅，并有一定技术专长的丈夫。而我则是生性直爽，大事做不来，小事不愿做，喜欢舞文弄墨之人。

天渐渐亮了，我的心还一团漆黑，我推开窗子，向太阳的使者——阳光呼喊：万物生长之神啊，请到我心里来吧！

分手后的忏悔

分了。家具、家电、衣物、存款都分了，唯独当年爱的结晶、一度系维夫妻感情的纽带——孩子，却无法分。

他走了，像一朵云飘到天的那一边，成了一个离异的独身男人，像一个熟透的瓜，无牵无挂，重新获得了爱与被爱的权利。可是，当他挽着新人的手在街上散步时，一种异样的情感——恋子，是否会在心头掠过？

她留下了，留下了一个随时都会勾起自己对往事思念和伤心的孩子，虽说岁月的流逝会把过去的时光冲洗得淡淡的，虽说新人的爱会将心头的阴影挤得小小的，但一天天长大的孩子，孩子一天一天地酷似他父亲的声音、身材、走路的姿势，这一切是否会勾起对初恋的回忆……

早知今日，何必当初，人生有几个当初？走吧，路还长着呢，将爱心留给孩子。

当“头”的滋味

没有为过头的人总以为当头的是那么风光、那么洒脱、那么不可一世，一旦为人之头，就会知道个中滋味了。

90年代的第三个春，一个误会迫使我来到省会长沙，经朋友推荐到某厅局一家广告公司当总经理。第一次与领导见面时，领导用十分怀疑的眼神望着我，仿佛在说：你行吗？我没有说话，也不敢直接回答，因为这个广告公司已经有几位总经理，且后台都十分硬，但个个败北了。我一个人生地不熟的接过来，岂不是自寻短见？沉思良久，我只用一句话使这位有远见的领导相信了我。“也许我的思路、工作方法不一样”，就这么一句话，我当了头。然而，一接过来第一件大事就是业务来源，面对长沙几百家广告公司，庙多、和尚多、粥少的局面，真有点不知所措。我把自己封闭在一个小房间，来回整整走了一天，先是后悔不该赌气冲出株洲，又后悔自己大言不惭，更后悔不该签上缴那么多管理费的合同。但是一想回去只能受奚落、受冷眼，开弓没有回头箭，不如先在长沙搏一搏。我想起经商有句口头禅：“做熟不做生”，于是我在业务上寻找突破点，户外广告、路牌广告、电视广告、书刊广告，我选择了书刊和路牌广告。把人马一调整、工作一安排，敲起锣来打起鼓，就这么干了起来。

成功有时候还是钟情于勇敢者。一年下来除了上交的，还有一点盈利，就是这么一点点盈利对我来说是多么大的鼓舞、多么大的安慰。然而就是这么一点点盈利，使我付出了超常的精力，就像《八仙过海》主题歌中的一句歌词：成功的路上泪多少。这一年我急了、累了，有时一个人独处之时潸然泪下。为头的个中味又有谁知呢？

记得有一次，一家客户要求在东塘高楼上竖一块广告牌，好不容易把它搞定，然而业务员不遵守财务规定将余款50%的自带汇票丢了，业务员也一去不回，急得我团团转，幸好客户通情达理，当我说明缘由后，又开出一张汇票，要不，不但赚不到钱，还要亏几千元。

从第一次为头到现在，已经当过各种各样的头了，我饱尝为头的酸甜苦辣，真想一点事也不做，一点事也不想，到大山里搭一个茅棚，好好享受一下清闲的滋味。

妈妈缝制的裤子

“文革”期间，学生穿白上衣、蓝裤子，再系上一条红领巾，是一种时尚。那时候我不到十岁，我们学校组织毛泽东思想宣传队，老师见我长得可爱，把我也纳入了其中。小小年纪的我十分好奇，总想扮解放军，可是我这个头太小，只让我扮小农民，心里好委屈。

一天，老师要求我们每个人都要准备一套白上衣、蓝裤子，并再三强调没有的自动退出宣传队。放学后，我把这件事告诉了母亲。母亲听后一脸愁云，我知道，我们家大小6口人，全靠父亲每月从“三线”工地寄回20元生活费维持生计。家里三个读书的每个学期的学费都欠着。生活窘迫时，母亲只好到外做点临时工补贴家用。我们小时候的裤子是洗澡用的长罗布巾染成黑色做的，哪还有多余的钱去买布做衣裤呢？

晚上，两个小妹妹睡觉去了，我和姐姐趴在床边，在昏暗的灯光下做作业。母亲在用工具箱做的衣箱中翻来找去，找出一条公家发给父亲下雨天上班穿的蓝色的雨裤。母亲拿在手上看了又看，用剪刀把雨裤一块一块拆下来，然后，放在锅里用热水煮。大约煮了一刻钟左右，母亲从水里捞出裤子来，雨裤上的胶经高温煮后就鼓起一个一个泡，母亲就从起泡的地方入手，一点一点把胶撕掉，然后，再洗干净晾干。

第二天晚上，母亲把我们安顿入睡后，又坐在床边，一针一线亲手帮我缝制裤子。裤子有了，白衬衣又从何来呢？妈妈就把自己仅有的一件白衬衣拆掉。翌日，她拿着一块一块拆下的布料带我到裁缝家，裁缝望着我母亲手上拆掉的布，一边帮我量尺寸，一边说：“多可惜，拆件大人的，做件小孩的。”母亲只是笑了笑。

排练的那一天，我高兴地穿着白衣裳、蓝裤子到学校去。同学都用怪怪的眼神望着我的裤子。我心里清楚，他们不知道我的裤子是用什么布料做的，看上去薄薄的、皱皱的。但我心里特别喜欢，这是母亲想办法帮我解决的一道难题。

醉烟

醉过酒，醉过茶的人比较多，醉过烟的人可能少之又少，我就被烟醉过一次。

那是上山下乡的第二个春节。我怕母亲见我从乡里回来一副打流的样子，又叫父亲退休，搞得全家过年都不愉快，想在乡下过年，正好有一个姓黄的知青也不回家，于是我们就商量在农村过年。

农村虽然没有城市繁华，但是过年的热闹场面不亚于城市。大年三十，白天男人们忙着杀猪宰羊，女人们忙着炸红薯片，做糕点。龙凤这个地方的人热情好客，谁家有好吃的都端上一碗送给左右邻居品尝。天石大队妇女主任非常好客，见我们不回家，就邀请我们到她家过年。

我们睡到快中午才起床，稍微洗漱一下就往妇女主任家去。天石大队四面环山，农民依山而居，一个山窝窝就是一个自然村。一路上，寂静的山村时而响起的零星鞭炮声使我们感到过年了。妇女主任见我们来了，又是泡茶又是递烟，还端出一大盘茶点。这时来了一群小朋友，站在门口好奇地望着我们，我们一边抽烟一边朝他们傻笑。妇女主任拿出红薯片发给小朋友，小朋友走开了，妇女主任就冲着我们说：“你们歇着，我忙去了。”我们也不好意思坐着等饭吃，说：“我们到附近走一走。”

从妇女主任家出来，我们一下到这家看杀鸡，一下到那家看宰羊，每到一家他们就递上一支经济牌香烟，我们平时不抽烟，见春节农民客气，我们也来者不拒，丢了一支接过一支又抽，也不知抽了多少支香烟，到吃团圆饭时，望着满桌美味佳肴索然无味。

我们匆匆吃了点菜，喝了一点米酒，就谢别了妇女主任家人。路上寒风一吹，头昏脑涨，一回到寝室就往床上一倒，可是怎么也睡不着，想吐又吐不出，睁着眼痛苦地望着屋顶。寂静的夜晚好像把我放在空旷的山野，外面一点响声也会直接送入我的耳中。我后悔了，后悔不该抽烟，后悔不该春节不回家。

知青偷情的故事

下乡的第二年冬天。北风萧萧，天寒地冻，龙凤公社掀起了农田建设的热潮。为了实现农业机械化的需要，每个大队都要把原来一块块不规则的小田按要求整理成一块块方方正正的大田。当时从农民中选出来担任知青点负责人的肖冬生队长看我体力不行，常常遭人欺负，就叫我看山，看山实际上就是守林员，我就没参加冬季农田整修。

我们知青点有一个姓徐的知青，长得猴腮尖鼻，一肚子坏水，他伙同一个姓梁的在知青点称王称霸，打架闹事，偷鸡摸狗的什么坏事情都干。农民对他们印象很差，给他取了一个外号叫“溜子”，另一个“拐子”。

有一天下午，徐“溜子”说肚子痛没出工，我正好有点别的事也没出去巡山。到了下午大约四点钟时，那天给厨子帮忙的女知青熊青云经过男生住房时敲了一下徐溜子的房门，就回到了自己的房间。没过多久，徐溜子伸出头来朝门两边打探了一下，鬼鬼祟祟地溜进了熊青云住的女生宿舍。他们这一切都被那个厨子看在眼里，他蹑手蹑脚走到熊的门口，专心地听了好久，似乎听到了什么，脸色极为严肃地悄悄走了。螳螂捕蝉，黄雀在后，这些事情的一举一动都在我的视线之中。

那个帮我们搞饭吃的厨子是衡山人，他曾经参加过抗美援朝，在部队是一个炊事员，由于家境穷，倒插门来到株洲县龙凤公社天石大队做上门女婿，他对男女之间的事特别敏感。当天他就同带队的队长汇报了，队长见事态严重，又向大队汇报，大队党支部临时召开会议，作出了巧妙的安排。

第三天，队长故意安排熊青云去帮厨。午饭后，徐溜子又故伎重施，故事又像那天再次演绎，但结局是一场悲剧。正当他们云雨之时，民兵队长带着武装民兵冲了进去，将他们逮了个正着。那时的男女关系问题不像现在这样随便，是一件丑得见不了人的大事。

大队民兵把他们五花大绑，给女的挂一双破鞋，男的戴顶报纸做的高帽子，两个人胸前都挂一块牌子，上面写着：男流氓，女流氓。接着扭送到搞农田建设的宣传台上开批斗会。这个消息一传开，十里八村的也从老远赶来看热闹，批斗会人山人海。一些不懂事的小孩子朝他们身上丢牛屎，那天沸沸扬扬闹了整整一个晚上。第二天一大早，徐溜子和熊青云拿着行李包逃回了株洲。

据说，1981 年知识青年全部返城后，他们回到株洲后不久结婚了。若干年后，又听说他们离了婚。

擦锅肉被盗的悬案

再往后，知青的生活越来越艰苦，知青的思想也越来越复杂，他们正处于青春发育期，每天不仅需要丰富的食品来供应，还需要精神产品补充，恰恰那时这两样都极为贫乏。

一天，天还蒙蒙亮，肖队长就唱着“国际歌”一户一户敲着门把我们从熟睡中叫醒，我们一个个头没梳，牙没刷，脸没洗，扛着锄头和梭棍（当地农民用来挑柴的工具），跟在他的后面高一脚低一脚地走过一条长垅再爬山坡。

到了山上，修的修树枝，挖的挖土。还没到散早工，我们肚皮就饿得贴了背。散工后每个男知青还得挑一担修剪的枝叶带回知青点做柴火烧，我们挑着那担柴，路还只走一半两只脚就直发抖，好几次我都差点连人带柴一起摔到田里去。

那时候，我们一餐要吃两大钵饭。我们知青当中有一个叫李兵的，个子单单瘦瘦，特别能吃，一餐能吃两斤半的米。有一次几个知青同他打赌，如果他两个小时内吃完 8 钵饭（4 两一钵），就给他两包“五岭牌”的香烟，没想他还真的吃完了（8 钵一共三斤二两），不过，第二天整整一天没有进食。

秋冬季节，知青们的菜谱不是水煮南瓜，就是红烧冬瓜。所谓红烧冬瓜就是把水一煮淋一点酱油。那时我们正是长身体的时候，不管什么东西，只要能吃的就吃。为了补充营养，晚上我们有的三五成群到田里捉青蛙、抓泥鳅、做弹弓打麻雀；顽皮的就偷农民家的鸡。说来也怪，我下乡时只一米六，第二年就长到一米七二的个子了。我们炒菜的油是过年时杀的猪，瘦肉用来吃，肥肉切成一块块挂在厨房里慢慢用来炒菜，吃到秋季最后几块，每次炒菜时就在烧红了的锅里擦几下，再把菜倒进锅里炒。知青一进厨房，望的不是锅里炒的菜，而是悬挂在锅上面的通明透亮、香味四溢的腊肉。

突然有一天，那几块腊肉不见了。消息传来，大家都跑到厨房去看个究竟，只见钩子上空荡荡的，什么都没有了。大家情绪都差极了。

是谁把大家炒菜的肉偷吃了？有人怀疑吃 8 钵饭的李兵，也有人怀疑平日调皮捣蛋的徐溜子，怀疑归怀疑，没抓住证据不能冤枉别人。队长召集我们知青开会，严肃指出这是不良行为，同时又分别找每个知青谈话，还是没有结果。擦锅肉被盗的事情也就成了悬案。

1981 年，知青都回城后，有人告诉我：擦锅肉是被那个帮知青搞饭吃的厨子偷走的，说他母亲临终前想吃肉，他又没钱买肉，是他偷偷地拿回家孝敬母亲去了。究竟是不是有此事，现在谁也没法子追究，不过，害得我们吃了好长一段时间的红锅子菜。

着装的故事

到现在我回忆起自己的经历时，对着装之事仍觉得趣味无穷。关于着装之事，我曾遭遇三次尴尬，三次换装，三次改头换面，三次重塑形象。

第一次是 1984 年，我从中学老师调到工厂当职教教员。工厂也给我们教员发了工作服，初来乍到，由于不习惯也就没穿。我心想：虽然到工厂，我还是当老师，别人不会另眼相看，然而，我的想法太单纯了。当时我只有 28 岁，穿着一套银灰色的夹克，加上我不胖不瘦的中等身材，看上去特别引人注目。由于教书出身，讲话做事仍是书生味道，平时同工人上课有距离感无所谓，可每到上下班或到车间去走一走时，就发现自己不一样，他们穿的都是工作服，而我这一身格外显眼。

一天，我到三车间办事出来，有几个工人在车间门口站着，我同他们很热情地打了个招呼，等我没走多远，就有人在我背后说："这个家伙，每天穿得婊子崽样在工厂串来串去。"我听到了，心里不是个滋味，第二天，我就换上了工作服。

从工厂出来后，我调到报社当记者，记者对着装随意，只要你能把新闻采访上来，写好稿件见报就可以了，至于你个人的穿着、嗜好都不很重要。由于我在报社上稿率比较高，文笔比较好，被市领导看中，1988 年 10 月调到市政府的部门工作。我想，现在是政府公务人员更应该艰苦朴素，平时上班也不讲究，家里有什么衣服就穿什么。

有一天，我到市委去，正好穿着一套新工作服，有位同我很熟、平时热情的领导把我叫住了，严肃地对我说："和平，你现在是机关干部了，怎么还穿工作服，要注意自己的形象。"当时我愕然了，他似乎看出我很茫然，就接着说："机关干部艰苦朴素是美德，但你现在不是在工厂，而是在机关，你外出办事不再是代表企业而是代表政府的形象，穿着整洁点、讲究点，从某个角度来说是维护政府的形象，也是尊重别人。"他的一席话使我豁然开朗，我明白了着装的重要性。

第三次是 1992 年，当时流行戴金首饰、金项链，我母亲特别喜欢这些东西，而她喜欢的东西又希望儿女们同享，我是家中的唯一男孩，母亲就帮我打了一个好大的金戒指，又打了一条好大的金项链，硬要我每天戴上，我同她说我是机关干部，戴这些不好，她偏不信。

1992年也是邓小平南方谈话的第二年，全国再次掀起以经济建设为中心的高潮，开商店办公司。我担任《株洲年鉴》负责人，手上有点权力，思想也就更加活跃了，我认识到文化随着改革开放必将走上上层建筑的圣殿，成为一个国家很有希望的产业，于是我四面出击，一是在株洲成立新闻发布中心（成立后因市委宣传部长极力反对，而被撤销）；二是向省会挺进。一天，我踌躇满志地来到省志办，一进省志办大楼我就发现别人用异样的目光看我，我心里“咯噔”一下，我有自知之明，今天我的穿戴有点不符合环境，别人一定把我当做另类了。不过既然来了，也就得硬着头皮去见领导。走进省志办主任禹舜的办公室，我发现他的眼光更诧异，我心想：拐了场，不知事情能否办成。出了省志办大楼，我后悔极了，埋怨自己不该一副这样打扮。回到家里，我把金器全取了下来，换上白色衬衣。好在禹舜同志不以貌取人，他看过我的策划方案之后认为很不错，终于同意与我合作编辑出版《三湘经济大潮》一书了。

至今，禹舜同志当着我妻子的面开玩笑说：“那回和平到我办公室，穿着花衣服，戴着‘狗链子’（金项链）、金戒指，我还以为是哪里来的大老板呢。”

时过境迁，现在我真正当头了，我总是以自己的亲身经历教育自己的职员，注意自己的穿着，注意形象，这是对自己的尊重，也是对别人的尊重。

拓路

风和日丽的一天，我和妻子到附近散步，走在建设工地和农舍结合地，看到前面四五个大约六十多岁的老人，估计他们也像我们一样，一边享受阳光的温暖，一边欣赏城市建设成就和即将逝去的田野风光。

忽然他们伫足在隐隐约约像一条捷径的地方，他们看了又看，最后还是放弃了。我和妻子也看了看，这是一条捷径，上面长满了很深的杂草，杂草下面还有流水，风吹雨打，杂草太长，倒卧了一些，看上去像被人踩过。我试探地踩了踩，估计杂草下面比较松软，也许是沼泽。我们还是小心翼翼地勇敢地踩倒草，走了这条捷径。

走过来后我深有感慨。第一个感慨：那些年龄比我长的大哥大姐，他们担心捷径的风险，怕摔跤，怕陷进沼泽，因为他们陷进去爬起来困难，年轻无所畏惧，摔倒了可以再站起来。

第二个感慨：这个世界不是没有捷径，更不会无路可走，成功的道路就在你的脚下，看你敢不敢走。

第三个是联想：我们国家正处于改革的深水区，需要许多的勇敢者去寻找理想彼岸，此时正是青年才俊施展才华的大好机会，千万不能畏手畏脚，错过了就不会再来。

灵魂与肉体

灵魂与肉体之间的矛盾终于爆发了。

灵魂：你太肮脏了，我要离开你。

肉体：滚吧，你这丑陋的灵魂。

灵魂：你不要以为我离开你，就没有安身之处了，告诉你，我走后，你就成了行尸走肉。

肉体：你不要太抬高自己了，没有你我照样活得好好的。你以为自己是什么，你只不过是一个游魂野鬼。

他们双方都用恶毒的语言刺激对方，攻击对方，伤害对方。

灵魂：你狠，你牛，那就不要怪我不仁。

灵魂愤然走了。

肉体咆哮着：滚吧！滚得越远越好。

话刚落音，肉体就感到被抽空了，身子渐渐麻木不仁。

灵魂脱离肉体后，在广袤的天空飘呀，飘。他感到无比的自由，无比的轻松，无比的快乐。

一秒钟过去了，一分钟过去了，一个小时过去了，一个上午……

天慢慢地暗了下来，这时一股莫名其妙的孤单、寂寞、恐惧涌上心头。

灵魂四处寻找安身之处。

他看到深山里有一头野猪。

灵魂飘过去，刚想附身，野猪的灵魂一蹦就跳了出来。他露出利齿：滚开，你这个丑陋的灵魂背叛自己的主子，竟敢侵占我的领地，拿命来。

灵魂吓得屁滚尿流。

灵魂逃到树林，他看到一棵老槐树，想靠一靠。

老槐树的灵魂吼道：大胆。天上有路你不走，地下无门你闯进来，我是专门收死灵魂的。

灵魂吓得抱头鼠窜。

灵魂逃到江边，坐在岸上伤心地哭了起来。他的哭声惊动了河神。

河神走到灵魂的面前，问：你哭什么？

灵魂把自己一天所发生的事情一五一十、原原本本告诉了河神。

河神：肉体肮脏不是肉体的错，是你灵魂的丑陋。你跳到江里好好洗刷一下，你的灵魂纯洁了，肉体就会干净漂亮。

灵魂低下了头，他羞愧难当。

一个端盘子的名牌大学生

1990年我到深圳出差，在一家豪华酒店用餐时遇到一个邻居，我跟他寒暄了几句后才知道他就是酒店的老板。

看到他酒店生意十分火爆，我夸奖了几句。他很兴奋地说："你不要看我这酒店，端盘子的人中还有刚刚毕业的研究生。"是吗？我有点怀疑。他看到我不相信，就指着一个女孩说，你看那个妹子人长得漂亮，还有一肚子学问，她就是名牌大学毕业的研究生。我一下就凉到心里去了。我暗暗思忖：怎么这样？深圳就业就这么难吗？

两年以后我再次来到这家酒店，朋友已经开了连锁店。我向他打听女研究生的情况。他说，她现在自己办公司了，搞得很不错。当时我就感慨万千，深圳真是一个神奇的地方，一夜之间，富人可以一无所有，穷人可以咸鱼翻身。

现在有些青年只想一夜成才，只想一夜暴富。其实，一个人的成长不是一蹴而就的，他必须有一个过程，这个过程甚至是很卑微、卑贱的，但是是一个不可绕过的痛苦的过程，就说我们国家领导人，他们也一样经过了许多的磨砺。年轻的时候千万不要对工作挑三拣四，拈轻怕重，怕苦怕累。不管什么事，先干了再说。

青年人也不要去羡慕富二代。俗话说：创业容易守业难，他们和所有的人一样，虽然目前坐享其成，但是他们同样也绕不过痛苦的磨砺，否则，家产也会被他们败光。

因此，在人生的道路上，谁都不可能轻轻松松，谁都不可能趾高气扬，只有一步一个脚印，只有经历风风雨雨的考验，才能成为栋梁之才。

一方山水养一方人

当人们一觉醒来，发现大地白雪皑皑。第一感觉是什么？惊喜？惊叹？寒冷？我感到惊喜。

湖南一年四季，四季都应该有不同的特色。如果真的没有下一片雪花，那么就少了一个季节的风味。

环境造就人，湖南人就像湖南的天气，性格很特别，有春天花一样的烂漫，有夏天太阳一样的热情，有秋天稻穗一样的厚重，也有冬天肃杀的深沉。我采访过许多在深圳、广州创业的湖南人，他们的张扬就像春天怒放的花朵，酣畅淋漓；他们对事业的追求就像夏日的阳光，炽热执着，加上湖南人喜欢种辣椒，也喜欢吃辣椒，对人热情、大方，如果有朋友造访，总是倾其家中所有招待客人，大鱼大肉、生猛海鲜悉数搬上桌。真是火辣辣的辣椒，火辣辣的人。他们对故乡的热爱就像秋天的稻穗一样厚重，富了不忘故土。若是受到挫折，他们就像冬天一样深沉，把自己最脆弱的一面藏得很深。

湖南人性格受气候的影响比较大，他们喜怒哀乐喜形于色。同时，又受大自然影响。湖南山多岭多，山路崎岖七弯八拐，他们走在山这一边时就会猜想山那一边会出现什么状况。这样就造成了湖南人生性多疑的特性。这既是湖南人的弱点，也是湖南人的优点，他们爱动脑筋，聪明；防范意识强、倔强。由于生性多疑，湖南人很少抱团。有人说：一个湖南人是一条龙，一群湖南人就是一盘沙。

湖南人最重要的是克服多疑的性格，团结身边的每一个人，湖南人在世界舞台上就会有更大的作为。